El Gran Libro de los Cuentos

Beascoa

ÍNDICE

Caperucita Roja

UNA PRECIOSA MAÑANA DE VERANO,
UNA NIÑA LLAMADA CAPERUCITA ROJA
ESTABA JUGANDO EN EL JARDÍN CON SUS MUÑECAS
CUANDO SU MADRE SE ASOMÓ A LA VENTANA
Y LA LLAMÓ:

«¿Caperucita, dónde estás?

Ven, por favor, tienes que ir a casa de la abuelita».

La niña corrió hacia su casa, muy contenta.
Le gustaba mucho ir a ver a su abuela.
La abuela le regalaba **caramelos,** la dejaba sentarse
en su **mecedora** y le explicaba **cuentos preciosos.**

6

Además, era muy divertido pasear por el camino, junto al arroyo. **Caperucita Roja** podía perseguir **mariposas,** dar miguitas de pan a los **pajarillos** y recoger moras, ¡qué ricas!

«¿Puedo ponerme **la capa de terciopelo rojo** que me regaló la abuelita?», preguntó Caperucita Roja.

«Hace calor, no te hará falta», respondió su madre; pero sabía que era inútil intentar convencer a la niña de que no se la pusiera. **Aquella capa era su gran orgullo** y se la ponía siempre que podía. **A propósito, ¿habéis adivinado ya por qué todos la llamaban Caperucita Roja?**

«Sí, mamá
–dijo Caperucita Roja–.
Me voy corriendo a casa de la abuela.»
«**NO** –dijo su madre–.
Nada de ir corriendo.

»En el cesto que tienes que llevar a la abuela hay
**dos panecillos, queso fresco y un tarro de
mermelada.** Si te caes, se echará todo a perder.
La **abuela** todavía no se encuentra bien, ¿sabes?
Tiene que comer **para reponer fuerzas.**

»Ahora vete y, por favor,
no te alejes del camino,
no hables con desconocidos,
no te detengas en el arroyo
y procura no ensu...»

Pero **Caperucita Roja,**
dejando a **su madre** con la palabra
en la boca, ya enfilaba el camino
que conducía a casa de su abuela
con la cestita colgada del brazo.

«**Mamá me trata como
si todavía fuera una niña
de dos años**
–dijo Caperucita Roja,
hablando en voz alta,
como solía hacer siempre–.

»Cuidado con esto, cuidado con aquello... **¡Eh! ¡Canastos!**
¡Qué moras tan ricas! Ahora mismo cojo unas cuantas
para la abuelita.»

Caperucita Roja **se detuvo** junto a la zarza,
dejó el cesto en el suelo
y empezó a llenar de moras el bolsillo
de su delantal.

«Qué raro –dijo Caperucita Roja mirando a su alrededor–. Hoy no oigo trinar a los pajaritos y no veo ninguna ardilla en los árboles.»

Y ES QUE, AQUEL DÍA, los animales del bosque
se mantenían alejados del camino porque rondaba por allí
un visitante poco grato: **el señor Lobo.**
Y justo en aquel momento, el señor Lobo estaba durmiendo,
escondido detrás del zarzal, **a pocos metros
de Caperucita Roja.**

11

La voz chillona de la niña
lo despertó.
El señor Lobo se desperezó y bostezó,
abriendo mucho **la boca,**
que parecía **tan grande y profunda**
como una caverna.

«BUENOS DÍAS, NIÑA»,

saludó, muy amable, saliendo de detrás del zarzal.

«Buenos días, señor»,

contestó, muy educada, Caperucita Roja.

«¿QUÉ TE TRAE POR AQUÍ?»,

preguntó el señor Lobo.

«Voy a casa de mi abuelita a llevarle panecillos, queso fresco y mermelada», explicó la niña.

«MMM... ¡QUÉ RICO!

–dijo el señor Lobo. Y, con un destello en los ojos, preguntó–:

Y DIME, ¿VAS TÚ SOLITA A VER A LA ABUELA?»

«Sí, señor Lobo.»

«YA... Y..., EJEM..., ¿VIVE SOLA TU ABUELITA?»

«Sí, señor Lobo», respondió Caperucita Roja.

Como ya habréis adivinado, **aquella fiera** no tenía buenas intenciones;
tenía la mala costumbre de comerse a los niños, y en aquel momento
se moría de ganas de **devorar a Caperucita Roja.**
Pero allí, junto al arroyo, era demasiado peligroso. Podría verle alguien,
quizá un cazador. Así pues, decidió tomárselo con calma.
Además, **el señor Lobo** era muy **glotón** y, aunque las abuelitas
no eran su plato favorito, pensó que...

...DOS BOCADOS SIEMPRE ERAN MEJOR QUE UNO

«¿VIVE MUY LEJOS TU ABUELITA?»,

preguntó aún el señor Lobo.

14

«Justo al final del camino, en una casita amarilla con el tejado de madera.»

«¡FANTÁSTICO! –exclamó el señor Lobo–.

»MIRA, AHORA HE DE IRME. ¡TENGO MUCHA PRISA! PERO TÚ... PUEDES SEGUIR RECOGIENDO MORAS DE MI ZARZAL. »

«¿Este zarzal es suyo, señor?», preguntó, maravillada, Caperucita Roja.

«SÍ –mintió el Lobo–. PERO NO TE PREOCUPES, no me gustan las moras. Tú quédate aquí y disfruta de esta espléndida mañana. Por cierto, voy en tu misma dirección. Podría pasar por casa de tu abuelita y decirle que estás a punto de llegar. ¿QUÉ TE PARECE?»

15

«Es usted muy amable.
¡Muchas gracias!»
El señor Lobo se despidió
de Caperucita Roja y se fue
a toda prisa por el sendero.
El Lobo, que era un perfecto
embustero pero que **de valiente
no tenía nada,** sin dejar de
correr volvió la vista atrás
y preguntó desde lejos:
«¿ES ROBUSTA TU ABUELA?».
«No, señor Lobo –gritó
la niña al contestar–. Está bastante
débil, pobrecita, ha estado
enferma...»

«¡DÉBIL!», repitió con una sonrisa maligna **el señor Lobo,**
mientras continuaba corriendo hacia la casita amarilla.
Caperucita Roja siguió **recogiendo moras**
un buen rato.

«Mamá tenía razón,
¡hace mucho calor!
–dijo al cabo de un rato–.
**Me refrescaré
en el arroyo** un ratito
y después iré directamente
a casa de la abuela...»
Caperucita Roja se quitó
los **zapatos,** los **calcetines**
y la **capa.** El agua fresca
era una delicia.
Remojarse en el riachuelo
era tan agradable
que **el ratito se convirtió
en media hora.**

MIENTRAS TANTO, el señor Lobo había llegado a casa de la abuela y se acercaba a la puerta con cautela.

«HUM...» VEAMOS...FINAL DEL CAMINO, CASA AMARILLA, TEJADO DE MADERA...SÍ, DEBE DE SER ÉSTA.»

A

El señor Lobo pudo entrar fácilmente: **la abuela** había dejado la puerta abierta, porque esperaba la visita de **su nieta.**

«¿SE PUEDE?» preguntó el señor Lobo asomando la cabeza.

18

Y entonces, sin esperar respuesta, entró, vio a **la abuela** en la cama, se abalanzó sobre ella y **la devoró de un solo bocado.**

«Y AHORA VIENE LO MEJOR»,

dijo la mala bestia, pensando
en la tierna y mofletuda
Caperucita Roja.
El señor Lobo buscó en el arcón
una **camisa de dormir** y **una cofia**
de la abuela y se las puso.
Después se colocó **las gafas,**
que estaban sobre la mesita de noche,
se perfumó con **agua de colonia**
y **se miró al espejo.**

«¡PERFECTO!»,

exclamó, complacido.

Apenas había tenido tiempo de taparse
con las mantas y de coger una revista
cuando oyó la voz
de Caperucita Roja:
«¡Soy yo, abuelita, ya estoy aquí!».
La niña entró directa a la cocina,
dejó la cestita sobre la mesa y después
fue a la habitación de su abuela.
«Hola, pequeña –dijo el señor Lobo,
intentando imitar la voz de la abuelita–.
**Ven, quítate los zapatos y
siéntate en la cama, a mi lado.»**

Mientras decía estas palabras, aquel terrible destello
volvió a aparecer en sus ojos.

«**¡No te imaginas el montón de cosas buenas
que te he traído, abuela!** –dijo Caperucita Roja,
sentándose en la cama–. **Mermelada,
queso fresco, panecillos** de mamá y ...
¡Tachán!... ¡Mira! **Moras.** No sabía que eran
del señor Lobo y me he puesto a recogerlas,
pero cuando ha llegado él me ha dicho
que podía tomar todas las que quisiera.
Abuelita, tendrías que conocerle.
**Es una persona muy amable,
te gustaría...**»

»No he tardado mucho en llegar, ¿verdad? Me he remojado los pies en el arroyo. ¡El agua estaba tan fresquita! ¡Mira qué moras! ¿Quieres probar una? Todavía tengo muchas en el bolsillo y podríamos.

... ¡Ostras, abuelita! ¡Qué orejas tan grandes tienes hoy!»

«Son para oírte mejor, hijita», dijo el señor Lobo.

«¡Y qué ojos tan grandes tienes!», exclamó la niña.

«Son para verte mejor, hijita», dijo el señor Lobo.

«Y... ¡oh, abuelita! ¡Qué manos tan grandes tienes!», dijo Caperucita Roja, mirándolo boquiabierta.

«¡Son para cogerte mejor!», dijo el señor Lobo, relamiéndose los bigotes.

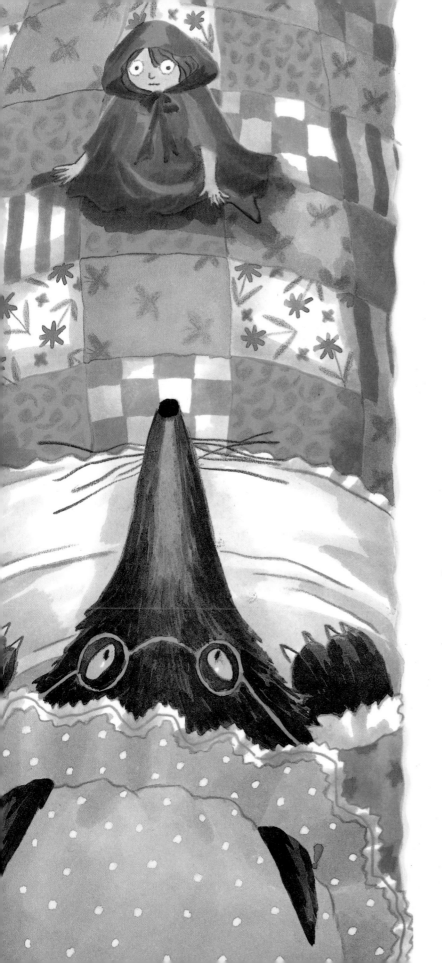

Caperucita Roja
se quedó un momento en
silencio, contemplando
al lobo. Después añadió:
**«¡Abuela, no lo
entiendo! ¡Qué boca
tan rara, enorme
y cavernosa tienes!».**

**«¡ES PARA
COMERTE MEJOR!»,**
rugió el señor Lobo.

Y al decir esto **saltó**
de la cama, se abalanzó
sobre Caperucita Roja
y la **devoró de un solo**
bocado.

Y **ya saciado,** el señor Lobo se quitó la ropa de la abuela y **se tumbó** en la cama para echarse una buena siesta. A los poco minutos ya emitía unos sonoros ronquidos, que hacían temblar los cristales de la casa. En aquel momento pasaba por allí un amigo de la familia, que había ido al bosque a cazar.

«**¡Hay que ver cómo ronca la abuela!** –exclamó riendo **el cazador–.** Mejor será que no la moleste.» Y ya estaba a punto de irse cuando pensó que tal vez la abuela podría necesitar alguna cosa.

«**Más vale que vaya a verla.** Sé que no se ha encontrado bien últimamente.» Y volvió sobre sus pasos. «¡Qué raro –dijo al entrar–. Ha dejado la puerta abierta... ¡Y qué desorden! **Dios mío, pero si es...**»

24

El cazador no terminó la frase. Vio al **señor Lobo** durmiendo como
un tronco en la cama de la abuela y comprendió lo que había sucedido.
«Si conozco al señor Lobo tan bien como creo –dijo–,
este glotón **ha devorado a la abuela de un solo bocado.**
Tal vez la pobrecilla **todavía esté viva** en la barriga de esta fiera.»
Buscó unas **tijeras** y comenzó a cortar la panza del señor Lobo.
Ni que decir tiene lo contento que se puso el cazador cuando vio
que de dentro salían Caperucita Roja y la abuela, sanas y salvas.
**¡Y ni que decir tiene tampoco lo contentas que se pusieron la abuela
y su nietecita!** «¡Qué miedo he pasado! Creía que no
podríamos salir nunca de esta horrible barriga!», dijo la niña.

«¡**Alabado sea Dios!** –dijo la abuela–. **¡Estamos a salvo!**»

«Sí, pero aún no hemos acabado con el lobo»,
dijo el cazador.

Mandó a Caperucita Roja a buscar pedruscos, después los metió en
la barriga del lobo y tranquilamente volvió a coser el tajo.

Cuando el lobo se despertó, tuvo la sensación de no haber digerido
bien el banquete y se levantó para ir a dar un paseo.

Escondidos detrás del seto del jardín, el **cazador,**
la **abuela** y **Caperucita Roja** vieron que el señor Lobo
se dirigía hacia el río.

GLUB GLUB GLUB

Pero cuando se inclinó para beber,
el peso de su barriga lo hizo caer
al agua y **lo arrastró hasta el fondo.**
Entonces la abuelita dijo: «¡**Tengo un hambre de lobo!**
¿Qué deliciosos manjares me has traído, Caperucita Roja?».
El cazador, la abuela y Caperucita Roja entraron en casa,
se sentaron a la mesa y comieron **panecillos, queso, mermelada** y **moras**
y hablaron toda la tarde de lo que había sucedido.

Caperucita Roja prometió que tendría más cuidado.
En el futuro no volvería a fiarse de los **lobos desconocidos**
que aparecían de repente tras los matorrales del bosque...

DURANTE LOS DÍAS SIGUIENTES, toda la gente del pueblo
fue a preguntar qué les había sucedido a Caperucita Roja y a su abuelita,
y durante semanas no se habló de otra cosa. Incluso ahora la gente sigue
contando aquella historia. A mí me la contó hace mucho tiempo
una viejecita el día que cumplía cien años.
También me enseñó una pequeña capa de terciopelo rojo y un delantal del
mismo color. **El delantal tenía los bolsillos manchados de jugo de moras.**

«He intentado quitar las manchas
—me contó la anciana—,
pero es difícil eliminar las marcas
que deja la fruta. ¿Sabes? **Yo solía
ponerme esta capa y el delantal cuando
era pequeña.** Me los había regalado
mi abuela...» Aquella viejecita me dijo
que también se llamaba **Caperucita Roja,**
igual que la niña del cuento.
Curiosa coincidencia, ¿verdad?

El lobo y los siete cabritillos

É RASE UNA VEZ UNA CABRA
LLAMADA BERTA, QUE TENÍA
SIETE CABRITILLAS.

El primero se llamaba
Blanquito y era blanco.

La segunda se llamaba
Negrita y era negra.

El tercero se llamaba **Pinto** y
era negro con manchas blancas.

El quinto
se llamaba
Ron y era
Marrón.

La cuarta se llamaba **Pinta** y
era blanca con manchas negras.

La sexta se llamaba
Rut y era marrón con
manchas blancas.

El séptimo
se llamaba
Chico y era
de color café
con leche.

31

UN DÍA, mamá cabra dijo a sus hijitos
que tenía que ir al mercado.

«Tened cuidado,
no abráis la puerta a nadie –dijo–. Pensad que si el lobo entrara,
se os comería a todos de un solo bocado.
Es muy astuto, ¿sabéis?
A veces se disfraza para que no lo reconozcan.»

Como todas las madres, Berta,
antes de salir, recitó todos
los consejos de costumbre.
«No estaré fuera mucho rato –dijo–.
Volveré dentro de un par de horas.
*Portaos bien
y no os peleéis.*
No comáis demasiado chocolate,
porque os dolería la tripa.
*Y no saltéis sobre la cama
con las pezuñas sucias;*
la última vez tuve que lavar
todas las sábanas. Pero sobre todo,
no abráis la puerta a nadie, ¿entendido?
¡A nadie!
Os traeré alguna golosina.»

La mamá cabra se despidió de sus hijos y se fue.
Una vez se quedaron solos, los cabritillos
decidieron jugar a
«**El Lobo contra Todos**».
A **Chico** le tocó hacer de todo,
y los otros corrieron a esconderse.

Pinto se metió en la estufa…

Negrita, bajo la mesa…

Pinta, detrás de la cortina...

Rut, bajo el fregadero...

Blanquito, ajo del sillón…

Ron, en el armario.

Cuando terminó de contar hasta cien,
Chico puso **cara de lobo** y empezó
a buscar a sus hermanos y hermanas.
Miró dentro de los pucheros, levantó
las mantas, miró debajo de las camas,
hasta que al final los encontró a todos.

TOC TOC TOC

«¡Ahora le toca buscar a **Negrita**!»
dijo **Chico,** que tenía en mente
un escondrijo muy especial.
Pero en aquel momento
alguien llamó a la puerta.
Los cabritillos se callaron de golpe.
¿Quién podía ser?

«ABRID, SOY VUESTRA MADRE
–dijo una voz grave y ronca–.
**¡OS TRAIGO BONITOS
REGALOS PARA TODOS!»**
«Pues con tu pan te los comas
–contestó, sin dudarlo
un instante, **Blanquito**–.
¡Nosotros no pensamos abrirte!»
«Tú no eres nuestra madre
–dijo **Pinta**–. Mamá tiene
una voz tan dulce como un vasito
de leche con miel.»
**«En cambio, tú tienes la voz grave
y ronca** –dijo Chico–. Eres el lobo.
¡Vete!» **«Sí, ¡vete, vete!»,**
gritaron los siete cabritillos.

El lobo rechinó los dientes de rabia
y se alejó.
«¡ESTÚPIDOS MOCOSOS!
–rezongó–. Queréis una voz dulce, ¿eh?
¡PUES LA TENDRÉIS, YA LO CREO QUE SÍ!»
Y se fue a una pastelería a preguntar si
tenían tartas bien dulces. **«¿Tartas bien
dulces, señor?** –dijo el pastelero–.

¡Si son nuestra especialidad!
Aquí tiene tarta **helada,** tarta de **hojaldre,** tarta de **fruta,** tarta de **nata,**
tarta de torta y **pastel pastelero de pastelería...**»
El lobo, que no soportaba los dulces, miró con asco
aquel surtido de golosinas. Al final sacó fuerzas
de flaqueza y pidió la tarta más dulce de la tienda.

**«¡Tengo justo
lo que necesita!»,** dijo
el pastelero, y le dio una tarta
de almendras rellena de miel
y crocante ¡y cubierta de azúcar
glaseado!

El lobo cogió la tarta con las zarpas, cerró los ojos, se tapó la nariz con una pata y con la otra se **zampó la tarta entera.** Y después **echó a correr** hacia la casa de los cabritillos, dejando al pastelero **boquiabierto.**

TOC TOC TOC

El lobo llamó por segunda vez a la puerta de los cabritillos y, con una voz dulce y empalagosa, dijo:

«Abrid, soy vuestra madre.
¡Os traigo un bonito regalo a todos!».

Por un momento, los cabritillos dudaron. ¿Sería su madre?
«Es mejor que lo comprobemos», dijo **Negrita** y miró por el ojo de la cerradura.
Y la cabrita vio la punta de una zarpa enorme y negra.
«¡Tiene las patas negras!» gritó Negrita.
«¡Es el lobo!», gritó Pinto.

«¡Tú no eres nuestra madre! –dijo **Rut**–.
Mamá tiene las patas blancas como la nieve.»

«En cambio, tú tienes las patas negras como el carbón –dijo **Ron**–.
Eres el lobo, ¡vete!» **«Sí, ¡vete, vete!»,** gritaron los siete cabritillos.
Por segunda vez, el lobo se alejó furioso. Pero no tenía ninguna
intención de darse por vencido. Así que se fue a casa del molinero
y pidió un saco de harina. El molinero, que no se fiaba ni un pelo del lobo,
quiso saber: «¿Para qué quieres la harina? ¡Tienes que amasar pan?».
«EXACTO –dijo el lobo–. **TENGO QUE AMASAR PAN. TENGO MUCHA HAMBRE.**
Si no te das prisa en entregarme la harina,
ME COMERÉ A TODA TU FAMILIA.»
Asustado, el molinero le dio un **saco de harina**
al lobo, quien lo abrió, **metió las patas dentro,**
se las enharinó bien y se fue corriendo.

AQUELLA MAÑANA, el lobo llamó por tercera vez a casa de los cabritillos.

TOC TOC TOC

«Abrid, soy vuestra madre –dijo el lobo con voz dulce–. ¡Traigo bonitos regalos para todos!»

Entonces acercó una pata blanca al ojo de la cerradura y añadió:

«¿No me reconocéis?

Soy vuestra mamá, tengo la voz dulce como la leche con miel y las patas blancas como la ha..., ejem..., como la nieve».

42

Cuando **Rut** fue a comprobarlo
y vio una pata blanca exclamó:
«**¡Tiene las patas blancas!**».
«¡Y la voz dulce!», añadió **Blanquito**.
«**¡Es nuestra madre!**»,

gritaron a coro los siete cabritillos,
y se apresuraron a descorrer el cerrojo de la puerta.
La puerta se abrió de par en par. Un soplo de aire entró
en la habitación. Los cabritillos levantaron la mirada y...

...se encontraron con el lobo.

«¡EL LOBO! ¡EL LOBO!
–gritaron los cabritillos, aterrorizados–.
Vamos a escondernos!»
Negrita se escondió debajo de la mesa,
Blanquito, bajo el sillón.
Pinto, en la estufa,
Pinta, detrás de la cortina,
Ron, en el armario,
Rut, debajo del fregadero
y **Chico,** en la caja del reloj,
que era un escondrijo secreto
«¡ES INÚTIL QUE HUYÁIS!
–dijo el lobo–.
**OS ENCONTRARÉ
A TODOS.»**

El lobo miró debajo de la mesa, debajo del sillón,
en la estufa, detrás de la cortina, en el armario,
debajo del fregadero.

Y, uno por uno, **los cabritillos fueron a parar
a su barriga. Todos excepto Chico.**

El lobo buscó un rato más.

Volvió a mirar debajo de la mesa,
detrás de la cortina, debajo del fregadero...
Al cabo de un rato oyó un ruido extraño.

Tum **tum tum**

Era el **corazón** del cabritillo, que latía
con fuerza a causa del **miedo.**

El lobo acercó el oído a la caja del reloj,
soltó una carcajada y dijo:

«Bueno, esto es sólo el postre.

Por hoy ya he comido bastante.

ME RESERVARÉ
EL SÉPTIMO CABRITILLO».

Después salió y fue a tumbarse bajo un árbol, no muy lejos de la casa de los cabritillos. **POCO DESPUÉS** volvió mamá cabra.

Encontró la puerta abierta y la casa desierta. Berta vio las **sillas volcadas,** las **cortinas rasgadas,** la **mesa rota** y comprendió lo que había sucedido. Llamó a sus cabritillos uno por uno:

«NEGRITA
BLANQUITO
PINTO
PINTA
RON
RUT
CHICO
¿dónde est
Respond
por favor

Pero nadie respondió.
Entonces Berta oyó la voz de Chico,
que la llamaba llorando:

«Mamá, mamá, estoy aquí, en la caja del reloj».
La mamá cabra ayudó a Chico a salir, y el cabritillo le contó
todo lo que había sucedido.

«**El lobo nos ha engañado, mamá** –explicó Chico entre sollozos–.
Ha hecho magia, y su voz se ha vuelto dulce y sus patas
se han vuelto blancas... Y hemos abierto la puerta porque
creíamos que eras tú. Y cuando hemos visto que era el lobo,
nos hemos escondido. **Pero el lobo los ha encontrado a todos menos a mí.**»

«¡Qué sinvergüenza!»,
dijo mamá cabra.
Pero como no se desanimaba
fácilmente, cogió un par de
tijeras grandes,

un **carrete de hilo
con una aguja,**

y sus **gafas de costura,**
y lo guardó todo en el
bolsillo de su delantal.

«¡Oh, mamá! –dijo Chico–. ¿Qué podemos hacer?»

«Ésta es la nuestra. ¡Todavía podemos salvarlos!
El lobo es tan glotón que se traga las presas
enteras», dijo Berta.

Mamá cabra y su hijo salieron en busca del lobo.
No les fue difícil encontrarlo: estaba tumbado, echando
la siesta bajo un castaño y roncando
como un poseso.

Mamá cabra cogió las tijeras y, poco
a poco, empezó **a abrir la barriga del lobo**.
De uno en uno, los cabritillos fueron saliendo.
¡Qué momento tan feliz!
Todos estaban sanos y salvos.
Los cabritillos y su mamá se abrazaron,
llorando de alegría.
Pero no había tiempo que perder.

«Debemos darnos prisa
—dijo mamá cabra—. Traedme
todas las piedras que encontréis.»
Los cabritillos se apresuraron a recoger
piedras de la orilla del río.
Después se las llevaron a su mamá.
Berta llenó de guijarros el vientre del lobo
y después lo cosió a toda prisa.

Cuando el lobo se despertó estaba **sediento**.

«ESTOS CABRITILLOS ESTÁN MUY RICOS, PERO QUIZÁS HE COMIDO DEMASIADOS.

Noto como un peso en el estómago», dijo, levantándose para ir a beber a la fuente. Después se puso a canturrear:

**«Seis cabritillos he devorado
seis cabritillos de un solo bocado,
sólo el séptimo se me ha escapado
pero mañana me lo habré zampado.»**

Llegó a la fuente caminando a duras penas y se inclinó para beber.

Pero el peso de la barriga le hizo perder el equilibrio y **cayó al agua, donde se ahogó.**

DESDE AQUEL DÍA, los cabritillos vivieron felices y tranquilos con su mamá, porque se habían librado del malvado lobo. Pero no dejaron nunca de jugar a «**El Lobo contra Todos**». Y aprendieron a esconderse tan bien que, cuando jugaban con los demás animales del pueblo, ¡siempre ganaban ellos!

La gata blanca

ÉRASE UNA VEZ UN REY QUE TENÍA TRES HIJOS. LOS TRES ERAN JÓVENES, FUERTES Y VALEROSOS.

El soberano no había decidido aún a qué hijo iba a dejar en herencia el trono, así que pensó someter a los tres príncipes a una prueba.

«Hijos míos, pronto seré demasiado viejo para continuar reinando –dijo–.

Uno de vosotros tendrá que ocupar mi lugar.

El que me traiga el perro más **gracioso** y **fiel**, **se convertirá en rey**.

Para buscarlo os doy **un año de plazo** a partir de este momento.»

TRAS LO CUAL, el rey les dio a sus hijos el dinero suficiente para emprender viaje y se despidió de ellos.

«Yo iré al norte»,
dijo el **primer** hermano,
y partió al galope
a lomos de su **corcel blanco.**

«Yo iré al sur»,
dijo el **segundo** hermano,
y emprendió el viaje
en una carroza tirada
por seis **caballos negros.**

«Yo iré a donde me lleve el instinto»,
dijo el **tercero**,
y se dirigió **a pie** hacia el pueblo vecino.

Y yendo a pie...
¡encontró perros de todas clases!
De pelo dorado, negro, rojizo,
de pelo ensortijado, de pelo corto;
sucios, rabiosos, sin rabo;
con el morro puntiagudo, con el morro chato;
de patas cortas y de patas largas...

«¿Cuál será **el más afectuoso**?
¿Cuál será **el más fiel?**»,
se preguntaba el príncipe
sin acabar de decidirse.

DURANTE DÍAS Y DÍAS,
el muchacho vagó inútilmente de un pueblo a otro
en busca de un perro para llevarle a su padre.

56

UNA NOCHE que llovía a cántaros, vio una luz
en un castillo que estaba en la cima de una colina.
«Iré a pedir hospitalidad para pasar la noche»,
se dijo el príncipe.
Al llegar ante el castillo,
se quedó boquiabierto:
el portal estaba cuajado
de piedras preciosas,
los muros eran de cristal
transparente, las ventanas
estaban cubiertas por cortinas
bordadas con hilos de oro,
y en las paredes había
pintadas escenas sacadas
de los cuentos
más famosos.

El joven llamó y,
UN INSTANTE DESPUÉS,
se encontró en el interior
de un inmenso salón,
iluminado por grandes candelabros.

Por el aire revoloteaban
una docena de manos enguantadas,
que lo empujaron hacia una estancia
y enseguida lo despojaron de la ropa empapada,
**lo lavaron, lo secaron, lo perfumaron
y lo peinaron cuidadosamente.**
Después lo vistieron de nuevo y lo condujeron a un comedor
donde **una docena de gatos** tocaba diferentes instrumentos
musicales sobre un escenario.

Sentada a una mesa lujosamente dispuesta, había **una gatita blanca** con una pequeña corona en la cabeza.

«𝓑ienvenido a mi morada

–dijo la gatita al príncipe–

𝓢iéntate junto a mí y sé mi invitado.»

«**Pero... ¿tú hablas?**», preguntó **el joven,** que no salía de su asombro.

«𝓔s una larga historia... –contestó **la gata,** con un suspiro de tristeza–, pero no quiero aburrirte contándotela. Mejor háblame de ti. Yo te conozco, eres un príncipe. ¿Cómo se te ocurre andar por ahí con el tiempo que hace?» «**Pues, verás...**», comenzó a decir el muchacho, y en un momento **se lo contó todo.**

«Creo que puedo ayudarte
–dijo **la gata** al final del relato–. Pero todavía faltan bastantes semanas
para que finalice el año que os ha concedido vuestro padre.
¿Qué te parece si te quedas en mi castillo
hasta entonces?»

El príncipe, que encontraba
muy simpática a su anfitriona, **aceptó.**

DURANTE LAS SEMANAS
que permaneció en el castillo,
descubrió que la gata
era **inteligente, culta,
afectuosa** y también muy generosa.

LLEGÓ EL DÍA de la partida
y la señora de la casa le entregó
al príncipe **una bellota.**
«Abre esta bellota cuando
tengas que entregarle
el perro al rey», dijo.
«**Muchas gracias, gatita** –contestó el joven–.
Si no fuera por el compromiso que tengo
con mi padre, me quedaría más tiempo aquí.
**Me lo he pasado muy bien contigo
y espero volver a verte.**»

CUANDO LLEGÓ al castillo, el muchacho abrazó a su padre y a sus herman
Los perros de los otros príncipes ya estaban moviendo el rabo a los pies del re
El príncipe sacó entonces la bellota del bolsillo y la abrió.

Del interior salió
un minúsculo cachorro
de perro de mirada
tierna y **alegre**.
Era un perro tan pequeño
que podía estar sentado en
la palma de una mano.

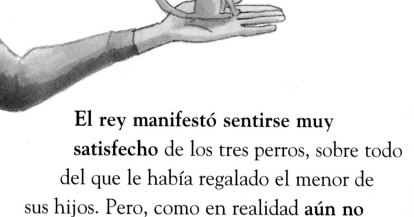

**El rey manifestó sentirse muy
satisfecho** de los tres perros, sobre todo
del que le había regalado el menor de
sus hijos. Pero, como en realidad **aún no
tenía ganas de ceder el trono,** decidió posponer hasta el año siguiente su
elección y pidió a sus hijos que fueran a buscar una pieza de tela tan fina
que pasara a través del **ojo de una aguja.**

«Yo iré al norte», dijo el **primer** hermano,
y partió al galope a lomos de su **corcel blanco**.

«Yo iré al sur»,

dijo el **segundo** hermano,
y emprendió el viaje en una carroza tirada
por seis preciosos **caballos negros**.

«Yo iré a donde me lleve el instinto»,
dijo el **tercero**.
Pero en realidad tenía en mente
volver de inmediato
a casa de su amiga gata.

CUANDO la gata lo vio,
se alegró de acogerlo en su casa y le di[jo]
que **también esta vez** le proporcionaría
el **presente** para su padre.

TRANSCURRIÓ EL AÑO,

y el día de la partida, la gata le entregó al príncipe **una nuez.**
«¡Casi lamento no ser gato!», exclamó el joven
en el momento de despedirse de su amiga.
Después cogió la nuez **y regresó al castillo de su padre.**

El **rey** elogió las finas telas de los dos hermanos mayores, pero se quedó literalmente **extasiado** ante la que su hijo menor sacó del interior de la nuez: **una tela que llevaba pintado un maravilloso** paisaje marino, iluminado por las estrellas y la luna. Y la tela era **tan fina** que pasaba a través del **ojo de una aguja.**

EL rey, sin embargo, quiso tomarse
OTRO AÑO
DE PLAZO.

«**Esta será la última prueba** –dijo–. Id en busca de vuestra futura esposa y traedla al castillo dentro de un año. **El que haya encontrado a la mejor joven, se convertirá en rey.**»

«*Yo iré al norte*», dijo el **primer** hermano
y partió al galope a lomos de su **corcel blanco.**

«*Yo iré al sur*», dijo el
segundo hermano, y emprendió
el viaje en una carroza
tirada por seis preciosos
caballos negros.

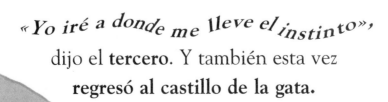

«*Yo iré a donde me lleve el instinto*»,
dijo el **tercero.** Y también esta vez
regresó al castillo de la gata.

66

«Esta vez he de volver a casa
de mi padre con la joven
a quien despose», dijo el príncipe
tras haber saludado a su amiga.
La **gata** permaneció pensativa
durante todo el día.

POR LA NOCHE, fue en busca
del joven y le dijo que quería
contarle su historia.

Se sentaron en un sofá,
junto a la chimenea,
y la gatita comenzó
su relato.

«Debes saber que no siempre he sido
una gata . . . –dijo–.
Mi padre y mi madre eran los soberanos de seis reinos. Durante un viaje pasaron junto a un antiguo castillo de hadas. A mi madre la asaltó el deseo irrefrenable de probar los frutos de una planta que crecía en su jardín.

¡Ese deseo
le costó muy caro!
Las hadas, en cambio,
quisieron **el primer hijo**
que mis padres tuvieran.

Por eso cuando nací fui cedida a las hadas.
Me criaron en su castillo y, cuando cumplí dieciocho años,
me prometieron **en matrimonio** a un amigo suyo,
un monstruo que viajaba a lomos de un dragón,
y que tenía **orejas de burro, garras de águila**
y una **barba que le llegaba hasta el suelo.**
Pero yo dije que jamás me casaría con él.

»El monstruo
despechado,
volvió a su reino,
y las hadas,
para castigarme,
me transformaron
en gata.

*El resto no puedo
contártelo todavía...»*

AQUELLA
NOCHE,
el príncipe se fue
a dormir **con el
corazón
lleno de tristeza.**
¡Si pudiera
**liberar a la princesa
del hechizo...!**
Se casaría con ella
aunque no fuera
hermosa,
incluso a costa
de perder el trono...

69

PASARON LOS MESES,
y el día de la partida la **gata** le dio al príncipe una afilada espada.

«*Ahora tienes que hacer tú una cosa por mí* –dijo–. *Córtame la cabeza con esta espada.*»

«**¿Cómo se te ocurre una cosa así?** –repuso el joven, desconcertado–. **¡Jamás haré nada semejante!**»

«*Si me quieres, aunque sólo sea un poco, si eres mi amigo, debes hacerlo. Tú y ningún otro...*»

El príncipe no quería oír hablar del asunto, pero la gata le suplicó tanto que, al final, con los ojos llenos de lágrimas, levantó la espada y **le cortó la cabeza a su amiga.**

INMEDIATAMENTE,
el cuerpo de la gata comenzó
a crecer y transformarse
y...

UNOS INSTANTES DESPUÉS,
ante el joven había
una muchacha bellísima,
de ojos luminosos
como dos estrellas.

MIENTRAS TANTO,
los demás gatos del castillo
también recuperaron
su **aspecto humano.**
El príncipe se quedó
sin habla.

«Y éste es el final de mi historia
–dijo la princesa–.
El hechizo de las hadas
podría romperlo un príncipe
que me amara y me matase
en mi forma de gata.»

Entonces **el joven** se arrodilló
ante la muchacha y le pidió
que **fuera su esposa.**
La princesa aceptó.
Después hizo preparar
un carruaje dorado y montó
en él junto al príncipe.

Al llegar al castillo del rey, el joven bajó del carruaje, abrazó a su **padre** y sus **hermanos,** se inclinó y besó la mano de las dos muchachas que iban a convertirse en sus **cuñadas,** y después abrió la puerta del carruaje y le dijo a su **futura esposa** que bajara.

La princesa llevaba un vestido **blanco** y **rosa,** vaporoso
como una nube y, en la cabeza lucía una corona de piedras luminosas.
Su rostro, su porte y su voz fascinaron a los presentes.

**«Sin duda alguna, serás tú
el que me sucederá
en el trono»**
le dijo el rey a su hijo menor.

«Permitid que os interrumpa, señor
—dijo la princesa—.
Creo que vos podéis continuar reinando mucho tiempo.
Veréis, yo poseo seis reinos.
Os regalo uno a vos, uno a vuestro hijo mayor y otro al segundo.
¡Quedan tres para nosotros
y son más que suficientes!»

Al final, todos eran felices:

el rey, los príncipes y las futuras esposas de los príncipes.

AQUEL AÑO
hubo **tres bodas**
y durante semanas en la corte no
se hizo otra cosa que comer, bailar,
divertirse y hacer amistades...

76

Pulgarcito

HABÍA UNA VEZ UN LEÑADOR
QUE TENÍA SIETE HIJOS.
EL ÚLTIMO HABÍA NACIDO TAN PEQUEÑÍN
QUE EL POBRE HOMBRE Y SU MUJER
LE HABÍAN PUESTO POR NOMBRE
Pulgarcito.

El leñador trabajaba sin descanso para dar de comer a todas aquellas criaturas, pero el trabajo no siempre iba bien y **a veces** los niños, para cenar, tenían que contenerse con una **cebolla** y una **rebanada de pan.**

La madre hacía todo lo que podía para ahorrar unas pocas
monedas: zurcía la **ropa** y remendaba las suelas de los **zapatos**
con cartón. Pero llegó una temporada más difícil
de lo habitual, y la familia del leñador se quedó **sin dinero.**

«**No podemos seguir así**–
dijo una noche la mujer
del leñador–. Los chicos crecen
y cada día tienen más hambre.
Este año ha sido terrible
y el próximo todavía
se presenta peor.
¿Qué podemos hacer?»
El leñador *suspiró.*

«**Tendré que llevarlos al bosque y abandonarlos** –dijo–. Si se quedan con nosotros, morirán de hambre. Y eso no podría soportarlo…»

«**¿Cómo puedes siquiera pensar en abandonarlos?** –dijo su mujer–. **¡SON nuestros hijos! ¿Lo has olvidado?**»

«No tengo elección –respondió él–. Rezaré para que Dios los ayude.»

Pero el leñador y su esposa no se habían dado cuer de que, mientras ellos hablaban, **Pulgarcito,** escondi detrás de la puerta de la cocina, **los estaba escuchan**

El muchacho esperó a que su padre y su madre se hubieran acostado y luego, sigilosamente, abrió la puerta de la casa y salió al jardín. Allí cogió un puñado de **piedrecitas blancas,** se las guardó en el bolsillo de los pantalones y volvió a la cama.

AL DIA SIGUIENTE, el leñador despertó
a sus hijos y les dijo que se vistieran deprisa;
quería que le acompañasen
al bosque a recoger leña.

TAN PRONTO COMO enfilaron
el camino que se adentraba en el bosque,
Pulgarcito empezó a dejar caer tras
de sí las **piedrecitas** que llevaba
en el bolsillo.

«De este modo **marcaré el camino** –pensó–, y para volver a casa sólo tendremos que seguir **los guijarros.**»

Cuando llegaron a un
claro del bosque,
el leñador se detuvo.
«**Bueno** –dijo–,
**éste parece
un buen sitio.**»

El hombre esperó a que sus hijos empezaran a recoger leña y después, sin que le vieran, **se alejó a toda prisa.**

Cuando **los niños** se dieron cuenta de que estaban solos en mitad del bosque, **rompieron a llorar de miedo.**
Pero Pulgarcito los tranquilizó.

«**No tengáis miedo** –dijo–.
Sé cómo volver a casa.

Seguidme.»

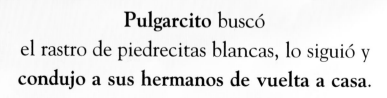

Pulgarcito buscó
el rastro de piedrecitas blancas, lo siguió y
condujo a sus hermanos de vuelta a casa.

Cuando los vieron, **el padre** y **la madre** corrieron felices a abrazar a sus hijos.

PERO, AQUELLA MISMA NOCHE,

el leñador le dijo a su mujer que al día siguiente volvería al bosque con los niños y los dejaría **en un lugar más alejado que la vez anterior.**

Su esposa rompió a llorar,
pero el leñador se mostró inflexible.

TAMBIÉN AQUELLA NOCHE,
Pulgarcito, que estaba alerta,
volvió a oír la conversación
de sus padres. Esperó a que se
acostaran y después
fue hacia la puerta para salir
a recoger guijarros, pero...

**... ¡OH, NO!
¡Alguien la había
cerrado con un
enorme candado!**

86

El muchacho volvió muy triste
a la cama y se puso a cavilar
la manera de marcar el camino.

«¡YA LO TENGO!

–exclamó al cabo de un rato–.
**Cogeré el pan del desayuno,
haré bolitas con la miga
¡y las usaré como si fueran piedrecitas!»**

Y con aquella idea en la cabeza *se durmió muy tranquilo.*

A LA MAÑANA
siguiente, en lugar de comerse
el pan con leche,
Pulgarcito
se metió la rebanada
en el bolsillo.

El leñador
llevó a sus hijos
al bosque y después, como el
día anterior, **los abandonó.**

También esta vez los niños se pusieron a llorar al darse cuenta de que su padre se había ido. Y de nuevo **Pulgarcito los consoló.**

«**Dejad de llorar**
—dijo a sus hermanos—.
**Ya os he llevado
de regreso a casa
una vez, ¿no?
Pues hoy también lo
haré.**»

Pero cuando buscó el rastro de bolitas de pan que había dejado,
se llevó una amarga sorpresa: **los pajaritos** del bosque
se habían comido **todo el pan, y el rastro había desaparecido.**

Los siete hermanos miraron a su alrededor.
El sol se estaba ocultando tras las montañas
y **pronto oscurecería.**
«**Treparé a un árbol** y miraré si hay
alguna casa por aquí cerca»,
dijo Pulgarcito.

Sus hermanos
le ayudaron a subir,
y **Pulgarcito,** desde
la copa del árbol, vio
una casa con una
chimenea humeante.
«¡Allí hay una casa!
–gritó a sus hermanos–.
¡Y sale humo! Eso
significa que está habitada.
Vamos a pedir ayuda.»
Bajó del árbol, y los siete hermanos
se encaminaron hacia la casa.

90

Llegaron y llamaron a la puerta.

« ¿QUIÉNES SOIS?»,
preguntó la mujer que les abrió.
«Somos **siete hermanos**
–respondió Pulgarcito–.
Nos hemos perdido en el
bosque. **¿Puede darnos
cobijo por esta noche?»**
«¡Pobrecillos! ¡Ojalá pudiera
ayudaros! Pero habéis llamado
a la puerta equivocada.
En esta casa vive un **ogro
que come niños.**
¡Si os encuentra aquí;
será vuestra perdición!
Tenéis que iros.»

«Si nos vamos,
**nos devorarán
los lobos del bosque**–
dijo Pulgarcito–.
Es mejor que
nos quedemos.
Quizá el ogro
no vuelva
esta noche.»

«¡VOLVERÁ!
–exclamó la mujer, afligida–. Es puntual como un reloj
y huele a los niños como un perdiguero olfatea a sus presas;
pero veré qué puedo hacer. **Pasad.**»

La mujer del ogro hizo entrar a los niños, les dio de comer y de beber, y después los invitó a sentarse en el calor de la lumbre.

PUM PUM PUM

Al poco;
llamaron **tres veces**
a la puerta.

«¡Es él! ¡Ha vuelto!
¡Dios mío! ¿Qué
podemos hacer?
–exclamó la pobre mujer–.
Venid, escondeos debajo
de la cama...

¡Ya voy, querido!»

El ogro entró en la cocina, miró a su alrededor, notó un olor familiar y preguntó:

«MMM… ¿QUÉ ES ESE OLORCILLO?
¡PARECE CARNE DE NIÑO!»

«Es el hambre que traes,
esposo mío –dijo su
mujer–. Hace que
confundas
el carnero
que se está asando
con el olor a niño.
Ven, pruébalo
y dime si no está
para chuparse
los dedos.»

«¡MUJER, NO ME ENGAÑES!
–bramó el ogro–.
¡AQUÍ HUELE A CARNE HUMANA!»

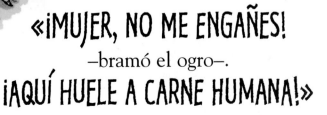

Se levantó y se puso a buscar por toda la casa. Se acercó a la cama y...

«¡AH! ¡LO SABÍA!»,

gritó, al descubrir a los siete niños.

De uno en uno los fue sacando de debajo de la cama y ordenó a su mujer que los guisara. **«Lo cierto es que había pensado engordarlos un poco. ¡Para cenar ya tienes el carnero!»,** contestó ella.

«TAL VEZ TENGAS RAZÓN

—admitió el ogro—.

QUE COMAN, CÉBALOS BIEN Y ME LOS PREPARAS MAÑANA.»

Después se sentó a la mesa y empezó a comerse el carnero.

Debéis saber que el ogro
tenía **siete hijas;** mejor dicho,
siete pequeñas ogresas,
a las que el ogro adoraba.
**A cada una
le había regalado
una corona,**
que las niñas no se quitaban
ni para dormir.
Las pequeñas ogresas
eran como su padre:
**les pirraba
la carne de niño**
y todas tenían
**dientes afilados
y mandíbulas de hierro.**
¡De mayores se habrían convertido
**EN AUTÉNTICAS
OGRESAS!**

EN AQUEL MOMENTO,

las hijas del ogro dormían en la enorme
cama de su habitación.

La mujer del ogro llevó
a los niños a la habitación de las
pequeñas ogresas, donde había
otra gran cama para siete:
la vieja cama de las ogresas.

Los siete hermanos se arrebujaron en las mantas y se durmieron.
Todos excepto **Pulgarcito,** que no se fiaba del ogro.
Tan pronto como se hubieron dormido sus hermanos, bajó de la cama,
les quitó las coronas a las ogresas y se las puso a sus hermanos
y a sí mismo en la cabeza. Después **puso** a las ogresas **los gorros de lana**
que llevaban él y sus hermanos y volvió a la cama.

Pulgarcito lo había adivinado: durante la noche, **el ogro,** temeroso de que se escaparan, entró furtivamente en la habitación, palpó sus cabezas, al tocar las **coronas,** se dirigió a la otra cama. Volvió a palpar las cabezas y, al notar los toscos **gorros** bajo sus dedos, **UNA a UNA mató a las pequeñas ogresas.**

Pulgarcito, que había observado en silencio toda la escena, esperó a que el ogro se marchara **y despertó a sus hermanos,** que se vistieron a toda prisa **para huir.** Pero antes de irse, **Pulgarcito** abrió los **siete baúles** de las ogresas que contenían **oro** y **piedras preciosas,** y llenó **siete sacos con diamantes, perlas, rubíes, monedas de oro y esmeraldas.**

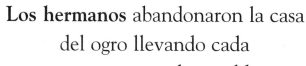

Los hermanos abandonaron la casa
del ogro llevando cada
uno un **saco** a la espalda.

A LA MAÑANA SIGUIENTE

el ogro se dio cuenta de lo que había
sucedido y **a punto estuvo
de enloquecer de dolor.**

Gritó tan **fuerte**

que incluso Pulgarcito
y sus hermanos, que estaban
ya muy lejos, lo oyeron.

«**Esto se pone feo** –dijo
Pulgarcito–. **Trepemos
a aquel árbol.** El perfume
de las flores despistará al ogro
y así quizá no podrá olernos.»

98

El ogro, mientras tanto, se había
calzado **sus botas de siete leguas.**
Ya sabéis lo que son, ¿verdad?
¡Unas botas portentosas!
Con las botas puestas, el ogro podía ir de un pueblo a otro
de un salto y atravesar ríos y valles
en un abrir y cerrar de ojos.

El ogro corrió de **AQUÍ** para
ALLÁ, saltó **ARRIBA**
y **ABAJO,** buscó y rebuscó
hasta que, agotado, fue a tumbarse
bajo el mismo árbol donde se habían
escondido Pulgarcito y sus hermanos.
A LOS POCOS MINUTOS,
el ogro se durmió y empezó a **roncar.**
Pulgarcito y sus hermanos bajaron sigilosamente
del árbol, le **quitaron las botas** al ogro y se metieron dentro.

En **dos zancadas** llegaron a su casa. Abrazaron a sus padres, les contaron sus aventuras y vaciaron los sacos sobre la mesa de la cocina.

¿Y EL OGRO?

«**Yo me ocuparé de él** –dijo el leñador–. Si se atreve a acercarse, lo abatiré como si fuera un árbol.»

Pero **el ogro** no se acercó jamás al hogar del leñador.

¡Había perdido sus botas! ¿Adónde podía ir, con lo lento y pesado que era?

No le gustaba caminar y ya no podía atrapar niños.

Sus andanzas habían terminado.

En cambio, Pulgarcito y su familia vivieron **días muy felices.**

La aventura de los siete hermanos corría de boca en boca por todo el país, e **incluso el rey fue a visitarlos.**

Y es que el rey era muy curioso y se moría de ganas de probarse **las botas de siete leguas...**

Blancanieves

ÉRASE UNA VEZ UNA JOVEN REINA QUE SOLÍA SENTARSE A COSER EN UNA SALA DEL CASTILLO, JUNTO A UNA VENTAN

Era invierno, y un fino manto de nieve cubría los prados y las montañas.

De repente, la reina se pinchó
en un dedo y **sobre la nieve blanca
cayeron algunas gotas de sangre.**
La reina miró las manchitas rojas
sobre la nieve, sonriendo...

102

... Y PENSÓ:

«Quisiera tener una niña blanca como la nieve con los labios rojos como la sangre y el cabello negro como el marco de ébano de esta ventana».

AL CABO DE UN TIEMPO, la reina dio a luz una niña que tenía el cabello negro como el ébano, la piel blanca como la nieve y los labios rojos y brillantes como la sangre.
Sin embargo, la reina sólo tuvo tiempo de elegir el nombre de **Blancanieves** para su hija antes de enfermar y morir.

A LOS POCOS MESES, el rey, que quería dar una madre a Blancanieves, decidió casarse de nuevo. Tomó por esposa a una joven bellísima, pero de carácter agrio y espíritu perverso.

La madrastra se ocupaba muy poco de Blancanieves: la nueva reina se pasaba el día maquillándose, peinándose y probándose vestidos nuevos.

De vez en cuando, cerraba con llave la puerta de su habitación
e interrogaba a un espejo mágico que tenía escondido en un baúl.

La pregunta era siempre la misma:

«Dime, espejito, la verdad,
¿hay mujer que me supere en
beldad?.»

Y el espejo respondía:

«En verdad os digo, majestad,
que nadie os supera en beldad.»

Satisfecha con la respuesta, la reina volvía a sus ocupaciones: tomaba baños perfumados, se untaba el cuerpo con bálsamos y cremas y se ponía sus ropas más elegantes.

CON EL PASO DE LOS AÑOS, Blancanieves fue creciendo y aumentando en belleza.

Un día, la reina hizo la pregunta de rigor a su espejo:

«Dime, espejito, la verdad,
¿hay mujer que me supere
en beldad?».

Pero esta vez la respuesta fue diferente:

«En esta cuestión,
Blancanieves no tiene
parangón».

Ya os podéis imaginar lo furiosa que se puso
la reina al oír estas palabras.
Muerta de envidia, mandó llamar
inmediatamente a su criado más fiel
y le ordenó que se llevara a la niña
al bosque y allí la matara.

«Y tráeme su corazón —exigió la soberana—.
Quiero estar segura
de que ha MUERTO.»

El criado fue a buscar a Blancanieves
y se la llevó a dar un paseo.
Pero cuando llegó el momento de
matarla, **no fue capaz de hacerlo.**

«Escúchame bien, Blancanieves.
Tu madrastra te odia
y me ha ordenado que te mate.
**Huye, rápido, y no vuelvas jamás
al castillo.** Le haré creer
que estás muerta.»
Cuando oyó estas palabras,
Blancanieves echó a correr,
adentrándose en
el frondoso bosque.

EL SOL SE ESTABA PONIENDO,
y el bosque ya estaba oscuro. **Sola y asustada,**
la niña siguió corriendo hasta que llegó
a una **casita.** Con la esperanza de encontrar
a alguien que la ayudara, se acercó
y **llamó a la puerta.**

TOC TOC TOC

No hubo respuesta. Entonces Blancanieves empujó la puerta y entró.

«¡Oh! ¡Qué pequeñito es todo aquí dentro!» exclamó Blancanieves mirando a su alrededor.

Era la casita de los siete enanitos mineros, que trabajaban en la mina buscando oro y piedras preciosas

Blancanieves entró en la cocina y vio **siete sillas minúsculas** alrededor de una mesita baja. Sobre la mesa había **siete platos diminutos** llenos de sopa, **siete cucharitas, siete tenedorcillos** y **siete copitas** llenas de vino.

En el dormitorio había **siete camitas** y un armario
lleno de chaquetitas y pantalones de todos los colores.
«De quién deben de ser todos estos trajes?»,
se preguntó Blancanieves, curiosa.

Entonces, como tenía hambre, volvió a la cocina y **probó un poco de sopa** de cada plato y **bebió un sorbo de vino** de cada copita. Una vez se hubo saciado, se levantó de la silla minúscula y **se puso a dormir en una de las camitas.**

MIENTRAS TANTO, el criado de la reina había vuelto al castillo y **había entregado a la madrastra** de Blancanieves **el corazón** de un pequeño **jabalí** que había cazado en el bosque.

La reina había ordenado al cocinero de la corte que guisara
el corazón y se lo había comido, satisfecha;
ahora, ella volvía a ser la más bella, o por lo menos eso creía…

AQUELLA NOCHE, cuando los siete enanitos que vivían en la casita del bosque volvieron del trabajo, se dieron cuenta enseguida de que alguien había entrado en su casa durante su ausencia.

«¡Por diez pepitas! –exclamó **Ramón**–.
¡Alguien ha entrado en nuestra casita!»

«¡Por veinte mineros! –añadió **Simón**–
¡Alguien se ha sentado en nuestras sillas!»

«¡Por treinta platos de gachas! –gritó **Gedeón**–
¡Alguien ha comido de mi plato!»

«¡Por cuarenta granos de uva! –bramó **Pepón**–
¡Y del mío también!»

«¡Por cincuenta tartas de chocolate! –farfulló **Juanón**–
¡Alguien ha bebido de mi copa!»

«¡Por sesenta pífanos mágicos! –gimió **Tomasón**–
¡Y de la mía también!»

«¡Y por setenta huevos de oro, aquí la tenemos»
dijo finalmente **Agustín,**
señalando a Blancanieves,
que dormía en la habitación de al lado.
Los enanitos se acercaron atemorizados
a Blancanieves.
Ninguno se atrevió a despertar a la
niña, que dormía profundamente.

A LA MAÑANA SIGUIENTE,
cuando se despertó, **Blancanieves** vio
a **siete enanitos** de pie alrededor de su cama,
que la **miraban en silencio.**

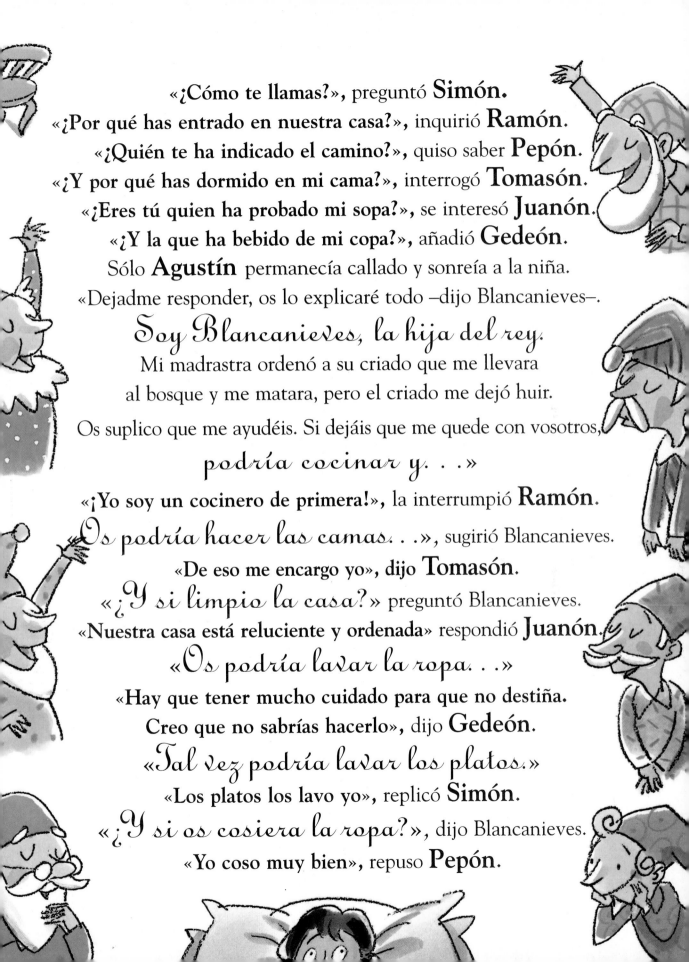

«¿Cómo te llamas?», preguntó **Simón**.

«¿Por qué has entrado en nuestra casa?», inquirió **Ramón**.

«¿Quién te ha indicado el camino?», quiso saber **Pepón**.

«¿Y por qué has dormido en mi cama?», interrogó **Tomasón**.

«¿Eres tú quien ha probado mi sopa?», se interesó **Juanón**.

«¿Y la que ha bebido de mi copa?», añadió **Gedeón**.

Sólo **Agustín** permanecía callado y sonreía a la niña.

«Dejadme responder, os lo explicaré todo –dijo Blancanieves–.

Soy Blancanieves, la hija del rey.

Mi madrastra ordenó a su criado que me llevara

al bosque y me matara, pero el criado me dejó huir.

Os suplico que me ayudéis. Si dejáis que me quede con vosotros,

podría cocinar y. . .»

«¡Yo soy un cocinero de primera!», la interrumpió **Ramón**.

«Os podría hacer las camas. . .», sugirió Blancanieves.

«De eso me encargo yo», dijo **Tomasón**.

«¿Y si limpio la casa?» preguntó Blancanieves.

«Nuestra casa está reluciente y ordenada» respondió **Juanón**.

«Os podría lavar la ropa. . .»

«Hay que tener mucho cuidado para que no destiña.

Creo que no sabrías hacerlo», dijo **Gedeón**.

«Tal vez podría lavar los platos.»

«Los platos los lavo yo», replicó **Simón**.

«¿Y si os cosiera la ropa?», dijo Blancanieves.

«Yo coso muy bien», repuso **Pepón**.

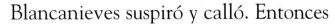

Blancanieves suspiró y calló. Entonces
Agustín, que hasta el momento había permanecido en silencio, dijo:
«¡Tal vez sabrías...?»

«¿*Qué?*», preguntó, esperanzada, Blancanieves.

«¿**...cantar?**», preguntó Agustín.

«¡*Pues claro que sé cantar!*»,
dijo Blancanieves. Se levantó de la cama,
tomó a Agustín de la mano y empezó
a cantar y a bailar con él por toda la casa.

Los enanitos se unieron al baile y al final, muy contentos,
decidieron que Blancanieves podía quedarse con ellos.
**«Pero cuando estemos en el trabajo, tendrás que ir con mucho
cuidado** –le dijeron–. **Conocemos bien a tu madrastra. Es medio bruja.
Si supiera que estás aquí, encontraría la manera de hacerte daño.»**

«*Oh, pero nunca lo sabrá*», contestó Blancanieves.

PASÓ EL TIEMPO, y un día la reina consultó nuevamente a su espejo embrujado.

«Dime, espejito, la verdad,
¿hay mujer que me supere
en beldad?»

Y el espejo contestó:

«En las tierras del rey
nadie os iguala en hermosura.
Pero en una casita del bosque,
en mitad de la espesura,
vive Blancanieves, alteza,
y ella os supera en belleza».

Cuando oyó
que Blancanieves
aún vivía,
la madrastra
montó en cólera.

«El criado me mintió —exclamó furiosa—. ¡Me las pagará! Pero ahora tengo que encontrar la manera de librarme de Blancanieves de una vez por tod...» Entonces abrió un baúl y sacó un libro polvoriento. ¡Era su libro de magia!

«Veamos... —dijo la reina, abriendo el libro y empezando a leer– ¡Ah! Ya lo tengo...»

AL DÍA SIGUIENTE, la madrastra se disfrazó de **anciana** y, muy temprano, **se fue a la casa de los siete enanitos.** Se escondió detrás de un árbol y esperó a que los enanitos se fueran a trabajar.

Después se acercó y llamó a la puerta. Blancanieves se asomó

a la ventana y dijo:

«No puedo abrir a nadie.
Los siete enanitos me lo han prohibido».

«Lo comprendo –dijo la viejecita–. Pero no temas,
sólo soy una pobre campesina que vende manzanas.

Toma, te regalo una. ¡Pruébala
y dime si te gusta!»

Y la vieja dio a Blancanieves
una **manzana envenenada**.

La muchacha la cogió, le dio un mordisco
y cayó al suelo, sin vida.

La madrastra soltó una carcajada
diabólica y volvió triunfante
al castillo.

AQUELLA MISMA NOCHE,
cuando los enanitos volvieron a casa,
encontraron a su amiga tendida en el suelo.
La tomaron en brazos y la acostaron,
con la esperanza de que despertara.
Pero Blancanieves **no volvía en sí.**

Los siete enanitos lloraron desconsolados
durante tres días.
Después decidieron poner a la muchacha
en una **urna de cristal,** que colocaron en el jardín.
Y ASÍ TRANSCURRIÓ EL TIEMPO

UN DIA, un apuesto **príncipe** pasó cerca de la casita de los siete enanitos y, cuando vio a Blancanieves, quedó prendado de su belleza.

El príncipe **se pasó horas y horas contemplando a la muchacha**. Después pidió a los siete enanitos que le permitieran llevársela consigo a su castillo.

Primero los enanitos se negaron, pero el príncipe insistió tanto y con tanta pasión que, finalmente, los enanitos aceptaron. Pero cuando los criados del príncipe levantaron la urna, uno de ellos dio un traspiés y **la urna de cristal cayó al suelo.**

Aquel brusco movimiento hizo que Blancanieves escupiera el pedacito de manzana envenenada. Y entonces la muchacha se despertó **y abrió los ojos** «¿*Dónde estoy?*» preguntó. «**Creíamos que habías muerto**», dijeron los enanitos, brincando de alegría.

Después el **príncipe** se acercó a **Blancanieves,** le dijo que la amaba y le pidió que se casara con él. Blancanieves aceptó y, desde entonces, los dos jóvenes vivieron felices y comieron perdices.

¿Y la madrastra? Veréis lo que pas

UN DÍA consultó a su espejo mágico, y é le explicó que Blancanieves, sana y salva, reinaba en un castillo mayor que el suyo y que era mucho, muchísimo más hermosa q ella. **La malvada madrastra,** en un ataque de rabia, **lo tiró** por **la ventana,** pero el **espej** que era mágico, **la arrastró consigo** en la caída y desde entonces nadie ha vuelto a saber de ella.

El Gato
con botas

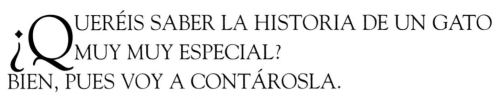

¿QUERÉIS SABER LA HISTORIA DE UN GATO
MUY MUY ESPECIAL?
BIEN, PUES VOY A CONTÁROSLA.

Debéis saber que hace muchísimos años
un molinero dejó
en herencia a sus hijos
un molino, un asno y un gato.
Al **mayor** de los tres
le tocó el molino,
al **segundo,** el **asno**
y al **tercero,** el **gato.**

TRAS la muerte del padre, los dos hermanos mayores
se asociaron para continuar con el oficio paterno.
El hermano más joven, en cambio, aquel al que le había tocado el
gato, se preguntaba, desconsolado, qué le habría pasado por la
cabeza a su pobre padre para decidir dejarle
aquella extraña herencia.

«Entendería que me hubiese dejado una vaca o gallinas;
por lo menos así tendría leche o huevos asegurados –no paraba de
repetirse–. ¡Pero un gato! ¿Qué hago yo con un gato?
Como mucho podría comérmelo y confeccionarme con su piel una pelliza
para el cuello del abrigo...»

«¡Eh, eh! ¿Qué ideas son esas? No vayas tan deprisa
–dijo **el gato,** que lo había oído lamentarse–.
Comiéndome, ganas poco,
porque no soy más que un saco de piel y huesos.
**¡Además, créeme, te seré mucho más útil
vivo que muerto!»**

«**Pues entonces, espabila** –dijo **el joven**–.
Se me están acabando los ahorros
y, si no encuentro pronto un trabajo
tendré que salir a pedir limosna.»

«**¡Cuánta comedia!** –resopló el gato–.
Déjate de lamentaciones y consígueme **un morral**
y **un par de botas** para ir al bosque. Dentro de un mes
como mucho te darás cuenta de la suerte que has tenido heredándome a mí.
**¡Valgo mucho más que un asno y un molino,
te lo aseguro!**»

El joven no estaba muy convencido,
pero decidió contentarlo y le
consiguió el morral y las botas.

«**¡Perfecto!**
–dijo el gato mirándose
al espejo, tras haberse calzado
las altas botas de piel–.

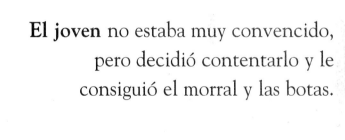

Con estas botas haré maravillas.»
Luego, con el morral al hombro, *salió de casa.*

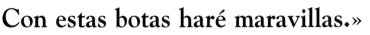

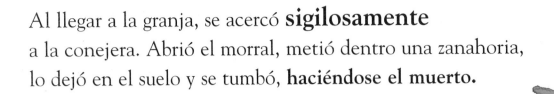

Al llegar a la granja, se acercó **sigilosamente**
a la conejera. Abrió el morral, metió dentro una zanahoria,
lo dejó en el suelo y se tumbó, **haciéndose el muerto.**

UNOS MINUTOS DESPUÉS, un par de **conejos**
atraídos por la zanahoria, se metieron **en el morral.**

A la velocidad del rayo,
el gato cerró el morral y, muy satisfecho,
se dirigió al palacio del rey.

Cuando llegó a la puerta de palacio
dijo a los soldados que tenía
un **presente para el rey** de parte del
marqués de Carabás, su amo,
y estos lo condujeron ante el soberano.

«Esto es para vos, Majestad:
dos conejos de parte de mi amo,
el marqués de Carabás»,
dijo el gato, haciendo una reverencia.
El rey, complacido, aceptó los conejos
y le dio las gracias.

UN PAR DE DÍAS MÁS TARDE, el gato consiguió capturar
dos hermosas y **orondas perdices.** Por segunda vez, se presentó
ante el rey y se las ofreció como regalo del marqués.

DURANTE CERCA DE UN MES

siguió presentándose en el palacio
real cada dos o tres días,
llevando presentes.

El rey sentía cada vez más curiosidad
y estaba impaciente por conocer
al misterioso marqués.
Pero el gato no quería
que el soberano viese
a su amo pobremente vestido.
Así que escuchad el plan que ideó.

Entre el rey y el gato había ido naciendo cierta confianza,
y un día el animal se enteró de que el soberano iba a salir
de paseo con su hija por la orilla del río que atravesaba el valle.

Entonces fue corriendo a casa de su amo y, jadeando, lo obligó a acompañarlo. «**Ven, deprisa. Tienes que desnudarte y zambullirte en el río** –le dijo–. **Dentro de poco, la carroza del rey pasará por aquí.**

Tú finge que te han robado la ropa mientras te dabas un baño y... recuerda que tu nombre es marqués de Carabás!»

El muchacho hizo lo que el gato le había ordenado. Se desnudó, se zambulló en el río y, a una señal del gato, se puso a gritar: «**¡Socorro! ¡Auxilio! ¡Al ladrón! ¡Me han robado!**».

MIENTRAS TANTO, el gato escondió la miserable ropa de su amo detrás de un arbusto y después corrió hacia la carroza del rey, **pidiendo a su vez ayuda.**

133

El rey reconoció al gato, hizo detener inmediatamente
la carroza y ordenó a los guardias que fueran
a **socorrer al marqués de Carabás.**

El gato, entretanto, le contó al rey que, mientras su amo se
bañaba en el río, una banda de **ladrones armados hasta
los dientes** le había robado la ropa, el caballo y el dinero.

«¡Un atajo de canallas, Majestad!
–dijo con voz compungida–.
He llegado a temer por la vida
de mi generosísimo amo.
Y ahora está completamente desnudo,
¡Majestad!
**¡Ni siquiera le han
dejado la capa!»**

«**No te preocupes,** querido amigo
–dijo el rey–. Mis guardias
irán a palacio a buscar **uno de mis
trajes** para el marqués. ¡Es lo
mínimo que puedo hacer
para corresponder a un hombre que
ha sido tan amable conmigo!»

135

Cuando **el joven** se hubo puesto la ropa del rey
se **acercó a la carroza** para conocer
al soberano y a su hija.

El muchacho, que era
simpático
y bien parecido,
con aquellas prendas
suntuosas causaba
muy buena impresión,
y **a la princesa enseguida
le gustó.**
El rey invitó al marqués
y a su gato a pasar
unos días
en su palacio.

«**Por desgracia,** yo tengo que ocuparme
urgentemente de unos asuntos de mi amo
–dijo el gato–.
Pero estoy seguro de que
el marqués estará encantado
de aceptar vuestra invitación.»

«**¡Encantadísimo!**», dijo el joven volviéndose
para mirar a la princesa, de quien prácticamente
ya se había **enamorado.**

¿Qué más le rondaba por la cabeza a nuestro Gato con Botas?

Sabía que, para convencer al rey de que era un verdadero marqués, su amo tenía que poseer **una morada decente.**

Así que, mientras la carroza se dirigía a palacio, él se alejó en dirección contraria, hacia la residencia **del Ogro Quebrantahuesos.**

Mientras recorría los campos del Ogro,
el gato iba parándose ante los campesinos
que trabajaban la tierra y decía:
«Estas tierras ya no pertenecen
al Ogro Quebrantahuesos.
A partir de hoy son del marqués de Carabás.
El rey vendrá pronto a visitarlas,
y vosotros le diréis que estas tierras son del marqués.
De lo contrario, ¡seréis castigados!
¿ESTÁ CLARO?».

Los campesinos,
asustados por la amenaza,
se grabaron bien en la mente el nombre
del marqués de Carabás.

LUEGO, el gato llegó
al castillo del **Ogro,**
llamó a la puerta
y el Ogro en persona
fue a abrir.

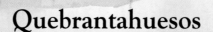

TOC TOC TOC

Quebrantahuesos
era una de las criaturas más feas
que podáis imaginar.
Era una especie
de **gigante,**
de **más de dos metros**
de alto,
con **gruesas encías**
y **dientes puntiagudos,**
la **nariz aplastada**
y las **cejas**
siete veces
más espesas e hirsutas
que las de cualquier hombre.

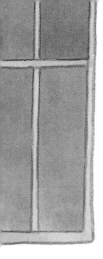

«¿QUÉ QUIERES?»,

le preguntó, torvo, al gato.
«Como tenía que pasar cerca de vuestras tierras
–respondió el gato–, no he podido por menos
de **venir a presentaros mis respetos.**»

El Ogro, que nunca recibía visitas de nadie debido a su
terrible carácter, se quedó sorprendido por la novedad y,
para pasar el rato, decidió dejar entrar al extraño animal y ver si tenía
alguna historia divertida que contarle. Si se aburría,
siempre le quedaba la posibilidad de **comérselo y deshacerse de él.**

«He oído hablar mucho de vos y de vuestros poderes **mágicos**

–dijo el gato–,

aunque, a decir verdad,

lo que cuentan por ahí me parece imposible.»

«¿Y QUÉ CUENTAN POR AHÍ?»

preguntó el **Ogro** con una especie de gruñido,

mientras se pasaba entre los dientes un huesecillo largo y fino.

«Bah, tonterías...,

me dan risa y todo

–dijo el gato–.

Veréis..., hay quienes afirman

que sois capaz de transformaros

en una **fiera salvaje.»**

«¡POR MIS HUESOS QUEBRANTADOS, Y TIENEN RAZÓN!»,
tronó el **Ogro,** dando un puñetazo en la mesa.
Y para demostrar sus poderes, se convirtió en un **león**
que **abrió sus fauces** con un **feroz rugido.**

«¡FANTÁSTICO! —exclamó el gato,
que tenía escalofríos de miedo, pero no quería demostrar
lo impresionado que estaba–.

»Pero eso no supone un gran esfuerzo –añadió–
¡Vos sois grande y EL LEÓN ES GRANDE!
Sería distinto si os hubieseis transformado
en algún animalito minúsculo,
no sé..., **¡un ratoncito!**
¡Eso sí que sería una
VERDADERA TRANSFORMACIÓN!»

«¡PUES MIRA Y VERÁS!»
bramó el Ogro.

UN INSTANTE DESPUÉS,
sobre la silla,
donde estaba el **Ogro,**
apareció **un ratoncito.**
El gato estaba preparado y,
dando un salto,
se abalanzó sobre él
y **se lo comió.**
Luego, satisfecho,
miró a su alrededor
y **esbozó una sonrisa de gato.**

AL DÍA SIGUIENTE
volvió al palacio real
y le dijo a su amo
que acompañara
al rey y a la princesa
**a visitar sus propiedades
y su castillo.**

Al ver pasar la carroza real, **los campesinos** que estaban
trabajando en los campos se **acordaron de las palabras del gato**
y se pusieron a agitar los sombreros en señal de saludo, gritando:
«¡Bienvenidos a las tierras del marqués de Carabás!»

El rey, que ya pensaba en el marqués como en un probable esposo para la princesa, se sintió complacido al descubrir que **su futuro yerno era un hombre tan rico.**

El gato abrió camino al rey hasta el castillo
que hasta entonces había sido del Ogro.
«**¡Marqués**
–exclamó el rey, admirando
las salas lujosamente amuebladas–,
sois un hombre realmente afortunado!»

EN ESE MOMENTO,
el joven se armó de valor
y **pidió la mano de la princesa.**
El rey estuvo encantado de autorizar
la boda y, pasado menos de un mes,
los dos jóvenes se casaron.

El gato fue a vivir al castillo con su amo y llevó una vida...,
mejor dicho, **¡siete vidas de gran señor!**

El Tío Lobo

ÉRASE UNA VEZ UNA NIÑA MUY,
PERO QUE MUY GOLOSA.

Le gustaba
el chocolate,

adoraba los
caramelos,

se pirraba por los **helados**
y enloquecía por **los
pasteles de crema.**

Pero lo que más le gustaba eran
los buñuelos de mermelada.

150

UN DÍA, su maestra trajo
a clase una bolsa llena de buñuelos
y la puso sobre su mesa.
«¿Os acordáis de la poesía
que leímos ayer?
Bien, pues haced un dibujo
que la ilustre –dijo
la maestra–. Cuando
lo hayáis terminado
os daré uno de estos
deliciosos buñuelos.»

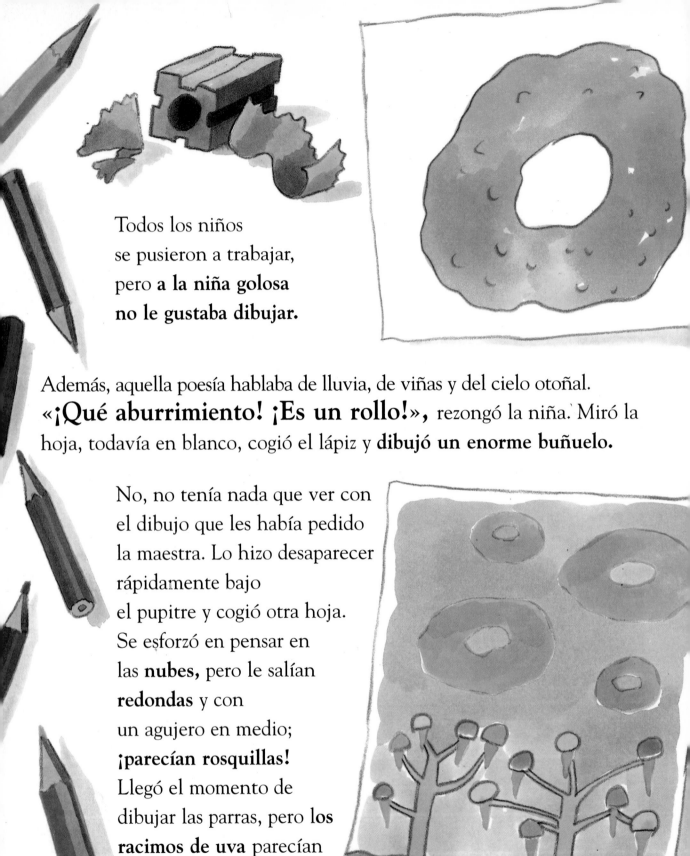

Todos los niños
se pusieron a trabajar,
pero **a la niña golosa
no le gustaba dibujar.**

Además, aquella poesía hablaba de lluvia, de viñas y del cielo otoñal.
«¡Qué aburrimiento! ¡Es un rollo!», rezongó la niña. Miró la
hoja, todavía en blanco, cogió el lápiz y **dibujó un enorme buñuelo.**

No, no tenía nada que ver con
el dibujo que les había pedido
la maestra. Lo hizo desaparecer
rápidamente bajo
el pupitre y cogió otra hoja.
Se esforzó en pensar en
las **nubes,** pero le salían
redondas y con
un agujero en medio;
¡parecían rosquillas!
Llegó el momento de
dibujar las parras, pero **los
racimos de uva** parecían
cucuruchos de helado...

La niña tiró
también la segunda hoja
y pidió permiso para ir al baño.
«Me quedaré un rato
en el pasillo y miraré por
la ventana –dijo–. **No tengo
ganas de volver a clase.»**
Cogió un taburete,
lo acercó a la ventana, se sentó...
y se durmió.

Mientras dormía,
soñó que entraba
en un **gran caserón
lleno de cajones de colores.**
Cada cajón
se abría tocando
una **campanita**
que la niña llevaba
colgada al cuello.

¿Y sabéis lo que había en los cajones?
¿No lo adivináis?
Tartas de todos los sabores, galletas, chocolatinas,
pastelitos, turrón y buñuelos. **Era el paraíso de las golosinas.**
La niña comenzó a correr de un cajón al otro
para probar toda clase de dulces.
«**¡Qué bien! ¡Viva!**», gritaba agitando la campanita.

Tilín tilín tilín tilííín

155

La **niña** se despertó de golpe con la campana
que anunciaba el final de las clases.
Corrió hacia el aula, acordándose
de los buñuelos, pero ya era **demasiado tarde:**
sus compañeros se los habían comido todos
y no le habían dejado ni uno.
«**¡Oh!** –exclamó la maestra–.
**¡Nos habíamos olvidado de ti!
¿Dónde te has metido?**»

¡Menuda desilusión se llevó la niña!

Salió llorando de la escuela y fue
a desahogarse con su madre.
«Mientras estaba en el baño –contó
entre lágrimas la golosa–, **mis compañeros
se han comido todos los buñuelos**
que había traído la maestra. No me han
dejado ni una migaja...»

«*No llores, cariño* –dijo su madre–.
Te haré unos buñuelos aún más sabrosos que los que
se han comido tus compañeros. Ven, vamos a casa.»

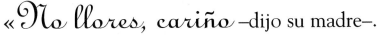

Pero, una vez en casa, la madre
se dio cuenta de que **su sartén estaba agujereada.**

«No te preocupes –dijo–. Ve a casa del tío Lobo y pregúntale si puede prestarte su sartén.»

A la niña no le apetecía nada ir, pero se moría de ganas de comer buñuelos, de manera que fue a casa del tío Lobo y llamó a la puerta.

PUM PUM

«¿QUIÉN LLAMA A MI PUERTA?»,

preguntó la voz cavernosa del tío Lobo desde dentro.

«¡Soy yo!», dijo la niña.

«¿Y QUIÉN ES YO?

Hace años que no recibo visitas.

¿QUÉ QUIERES DE MÍ?,» preguntó
el tío Lobo.

«Mi madre quiere saber si le puedes prestar la sartén **para hacer buñuelos.** La nuestra se ha roto», contestó la niña.

«Espera un momento, que me pongo LA CAMISA», dijo el tío Lobo.

La niña, impaciente, volvió a llamar.

PUM PUM

«Espera un momento, que me pongo LOS CALZONCILLOS», dijo el tío Lobo. La niña esperó un poco y volvió a llamar

PUM PUM

«Espera un momento, que me pongo LOS PANTALONES», dijo el tío Lobo.

El tío Lobo era muy lento.

PUM PUM

«Espera un momento, que me pongo LA CHAQUETA», dijo el tío Lobo.

159

Y por fin, el tío Lobo abrió la puerta
con la sartén en la mano.
**«AQUÍ TIENES LA
SARTÉN... HUM...,**
pero dile a tu madre
que me la devuelva llena
de **BUÑUELOS... Hum...**
Y con una **BOTELLA DE
BUEN VINO** y una barra
de **PAN TIERNO,** ¿entendido?
Siempre estoy hambriento
en esta época del año».
«Se lo diré, no te preocupes»,
contestó la niña. Y corrió
hacia su casa.

«Mamá –dijo–,
el tío Lobo
me ha dado la sartén,
pero a cambio quiere
vino,

pan tierno

y buñuelos.

¡Qué cara!»

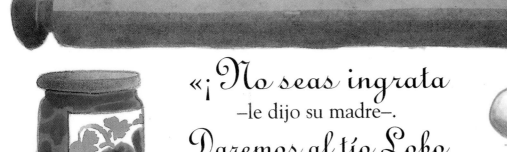

«¡No seas ingrata
—le dijo su madre—.
Daremos al tío Lobo
lo que nos ha pedido.
Y ahora ayúdame
a preparar los buñuelos.»

La madre se puso manos a la obra
e hizo un **buen montón de buñuelos**
de mermelada, de nata
y de azúcar.

Después separó una buena ración,
cogió una **botella** de vino y una **barra** de pan
y dijo a la niña que se lo llevara todo al tío Lobo.
«Dale las gracias por la sartén. Cuando
vuelvas, nos comeremos los buñuelos»,
dijo la madre.

Por el camino, a la niña, que como ya sabéis era muy golosa,
se le hacía la boca agua.

«**Este olorcillo me está volviendo loca** –pensaba–. ¿Y si pruebo uno?
No creo que el **tío Lobo** se dé cuenta.
Además, ¡sólo nos ha prestado una sartén! **No me parece justo**
que mamá se la devuelva llena de buñuelos, por no hablar
del pan tierno y del vino. Me quedaré aquí un momento,
me sentaré en este muro **y probaré uno...**»

Pero cuando la niña saboreó el **primer buñuelo**
ya no pudo parar. Uno tras otro,
se zampó todos los buñuelos, se bebió **el vino**
de la botella e incluso devoró **la barra de pan.**
Al final no quedó ni una migaja.
«**Tengo que encontrar algo
que llevar al tío Lobo**»,
pensó la niña.

Miró a su alrededor y vio
en un corral cercano
un cubo con **pienso**
para las gallinas.
«**Cogeré un poco** –dijo la niña–.
Tal vez el tío Lobo no haya comido
nunca buñuelos y **no note la diferencia.**»
Cogió un poco de pienso, hizo bolitas
con él y las puso en la sartén.

Después se acercó al abrevadero de los animales
y llenó la botella con **agua sucia.**
«**Tal vez el tío Lobo** nunca
haya bebido vino y **no note**
la diferencia.»

Todavía faltaba la barra de pan.
«Quizá pueda hacer una con esta harina
–dijo la niña viendo un saco de cemento–.
Tal vez el tío Lobo no haya comido nunca
pan y **no note la diferencia.**»
La niña cogió un poco de cemento,
lo amasó con agua y envolvió
aquella especie de barra en un trozo de papel.

Después, como si nada hubiera pasado, fue a llamar a la puerta del tío
Lobo. Cuando el tío Lobo abrió, la niña le dio la sartén con las bolitas
de pienso, la barra de cemento y la botella de agua sucia.
**«Mamá te da las gracias por la sartén y a cambio te manda
estas cosas»,** dijo la niña.

El tío Lobo
se sentó a la mesa y probó un buñuelo.
«¡PUAJ! ¡QUÉ ASCO! ¡ESTO ES PIENSO PARA GALLINAS!»,
dijo el tío Lobo.

Para quitarse el mal sabor de boca, cogió la botella y bebió un trago.
«¡UF! ¡QUÉ ASCO! ¡ME HAS TRAIDO AGUA SUCIA!»,
dijo el tío Lobo. Aun así, se atrevió a probar el pan.
«¡AH! ¡PERO QUÉ ASCO! ¡ME HAS DADO A COMER CEMENTO!»,
dijo el tío Lobo.

Se puso en pie, **hecho una furia,**
lanzó una mirada terrible a la niña y dijo:
«¡ESTA NOCHE IRÉ A TU CASA
Y TE COMERÉ!»,
Al oír esto, la niña corrió hacia su casa,
aterrorizada.

Cuando llegó a casa, se lo contó todo a su madre.

La madre **cerró a cal y canto todas las puertas y ventanas.**
«No te preocupes
–dijo a la niña–.
Así estamos seguras.»

Pero había olvidado cerrar **la chimenea...**
Aquella noche, mientras intentaba dormir, la niña oyó **la voz del tío Lobo,** que aullaba:

«¡Ya estoy aquí! ¡Me acerco a tu casa! ¡Ahora te comeré!».

La niña se puso a temblar de miedo.
El tío Lobo trepó al tejado y aulló:

«¡Ya estoy aquí!
¡Estoy en el tejado!
¡Ahora te comeré!».

La niña golosa no sabía qué hacer.
El tío Lobo entró por la chimenea y aulló:

«¡Ya estoy aquí!
¡Estoy en el tejado!
¡Ahora te comeré!».

«¡Mamá! ¡Que viene el lobo!», gritó
la niña, asustadísima.

«¡Rápido, escóndete bajo las mantas!»
gritó su madre.

La niña, **con el corazón desbocado por el miedo,**
se escondió bajo las mantas y, **en su lugar,** sobre
la almohada, **puso una de sus muñecas de trapo.**

El tío Lobo entró en la habitación de la niña y aulló:

«¡Ya estoy aquí! ¡Estoy en tu habitación!

¡Ahora te comeré...!

...PERO ¿DÓNDE TE
HAS METIDO?», dijo el tío Lobo.

Después vio **la muñeca,**
la cogió y se **la zampó.**

170

Muy satisfecho, **el tío Lobo** volvió a su casa, se desnudó,
se metió en la cama y durmió como un tronco.

Y a la niña, **del miedo que había pasado,** le entró un **dolor de barriga**
tan fuerte que aquella noche tuvo que correr **cinco veces al baño.**

171

Pero no se atrevió a quejarse.
Su madre le había contado
la historia de **otra niña**
que **había terminado en la tripa
del tío Lobo** por mucho menos
de lo que había hecho ella.

En cambio, la niña golosa
había salido del lío con
tan sólo **un poco
de dolor de barriga.**

**Pero ¿queréis saber
otra cosa?**
Desde aquel día,
**¡los buñuelos
de mermelada
ya no le gustan!**
Con sólo olerlos
le entra un fuerte dolor
de barriga, **igual que
aquella noche...**

La princesa
y el guisante

E

N UN PAÍS MUY, MUY LEJANO VIVÍA UN PRÍNCIPE QUE QUERÍA CASARSE CON UNA PRINCESA.

Por su corte desfilaban continuamente **duquesas, condesas** y todas las más nobles damiselas de las más nobles familias de la región. Las jóvenes sabían que **el príncipe buscaba esposa** y se pavoneaban a su alrededor como gallinas alrededor de un gallo.

Encargaban a las modistas vestidos muy caros, se ponían pelucas muy elegantes y joyas preciosas, lucían enormes abanicos y, al menos una vez al día, fingían desmayarse para atraer la atención del joven príncipe.

174

Y no es que el príncipe fuera
irresistible, **¡qué va!**
¡Tenía ojos de besugo
y sólo sabía contar hasta **30!**

Sin embargo, como
no es cosa corriente que
**una muchacha
pueda convertirse
en la esposa de un
príncipe,** las jóvenes
nobles de la región
continuaban intentando
hacerse notar de todas
las formas posibles.

«¡Sólo me casaré con una auténtica princesa!»,
repetía una y otra vez
el príncipe a su madre,
la reina, y a su padre,
el rey, que apremiaban
a su hijo para que escogiera
esposa de una vez por todas.

UNA MAÑANA
el príncipe hizo preparar
una **carroza** y emprendió **viaje.**

Decidió viajar por el mundo
hasta encontrar a la mujer de sus sueños.

PERO...

...ERA INVIERNO.
Los campos estaban cubiertos de nieve.

Los caminos estaban helados y, a media tarde,
el sol se ocultaba veloz detrás de las montañas.
Los caballos del príncipe, temblando de frío,
trotaban de un pueblo a otro.
Subían a las montañas
y bajaban a los valles.

Pero, de princesas, ni rastro.

AL CABO DE TRES DÍAS, el príncipe pilló
un resfriado terrible y decidió regresar a su castillo.

Se metió en su enorme cama con dosel, abrazó
su botella de agua caliente y tomó una importante decisión:
ya que en el mundo no quedaban princesas de verdad,
renunciaría a casarse.

Y después se *durmió.*

AQUELLA MISMA NOCHE
se desencadenó una terrible
tormenta. **El viento** aullaba
y retorcía los árboles sin piedad,
los rayos surcaban el cielo
y los truenos retumbaban sin cesar.
La lluvia arreciaba,
y el príncipe estaba muy contento
de estar calentito en su cama,
tapado con cinco mantas.

«Hace un tiempo de perros –dijo su madre,
la reina, cuando fue a darle las buenas noches–.
¡No saldría a la calle aunque me dijeran
que los asnos volaban y los árboles bailaban!»

PERO JUSTO EN AQUEL MOMENTO
oyeron que alguien llamaba al portón del castillo.

TOC TOC TOC

«¡Santo cielo!
–exclamó la reina–,
¿Quién puede estar tan loco
como para salir en una noche así?»

La reina ordenó a la guardia que abriera y fue
a ver por sí misma quién era la visita inesperada.
El portón se abrió y entró una joven aterida
de frío y desgreñada, con el vestido empapado
y **los zapatos cubiertos de barro.**
La muchacha, que era una princesa,
se dirigió con aire altanero a la reina,
que la contemplaba boquiabierta, y dijo:

«No se quede ahí pasmada. ¡Me muero de frío!
¡Ordene a sus damas que me preparen un baño
y que me traigan ropa seca!».

La reina se apresuró a cumplir las órdenes de la desconocida.

Le hizo preparar
un baño caliente
con **sales perfumadas
y enormes
burbujas
de jabón,**

le dio **un vestido seco,
ricamente adornado
con cintas y encajes,**
y por último la invitó
a tomar un té caliente.

«¿Un té?
–dijo, malhumorada, la muchacha–.
¿Me muero de hambre y me ofrece un té?»

«**Perdóname, querida** –dijo, paciente, la reina–. **¿Qué te apetece?**»

«*Mi padre, el rey de Turrónpolis, en noches como ésta, a los huéspedes que se presentan muertos de frío en su castillo les ofrece un auténtico banquete a base de cordero y patatas asadas,*

verduras a la brasa, fruta del tiempo,

pasteles de nata y

seis clases distintas de vino caliente.

184

»Pero como éste no es el castillo
de mi padre, me conformaré con una taza
de chocolate con nata, pastel de vainilla,
tarta de frutas del bosque y, tal vez, un
pedacito de queso francés.»

La reina asintió y, como la cocina ya estaba cerrada
y la cocinera se había acostado, ella misma fue a preparar un vaso
de leche y un poco de pan con mantequilla y miel para la princesa.

185

«**Esta chica es realmente insoportable.** ¡Pobre del que se case con ella!», pensó la reina.

Y DE PRONTO TUVO UNA IDEA. «¡Dios mío!– exclamó para sí–.

Mi hijo lleva tanto tiempo esperando una princesa... ¿Y si fuera ésta su esposa ideal? No, no debo precipitar los acontecimientos. Ante todo, **debo descubrir si se trata realmente de una princesa...** Podría ser una chica cualquiera, que ha sabido que el príncipe busca esposa... ¡Claro que es un rato antipática! Da igual, yo no tengo que casarme con ella... La verdad es que me gustaría saber qué hacía fuera con semejante tormenta.

¿Pero quién se atreve a preguntárselo?».

La reina regresó con la muchacha, se disculpó por no haber podido prepararle nada mejor y le prometió una alcoba digna de ella.

«¡Quiero un lecho cómodo!»,

gritó la princesa a la reina, que ya se alejaba por un corredor del palacio.

«¡No te preocupes! –contestó la reina con una sonrisa astuta–.

«¡Haré que te preparen
un lecho a prueba
de princesas!»

La reina llamó a un par de sirvientes
y les mandó preparar una cama con veinte colchones.
Debajo de los colchones hizo colocar
un **guisante seco.** Después volvió con la princesa
y la invitó a seguirla hasta la habitación.

187

La reina deseó las buenas noches a su invitada y se fue.

La cama quedaba tan alta con
aquel montón de colchones que,
para subir, la princesa precisó
una silla.

«¡Pandilla
de majaderos !
–dijo, enfadada,
la princesa mientras
trepaba a la cama–.

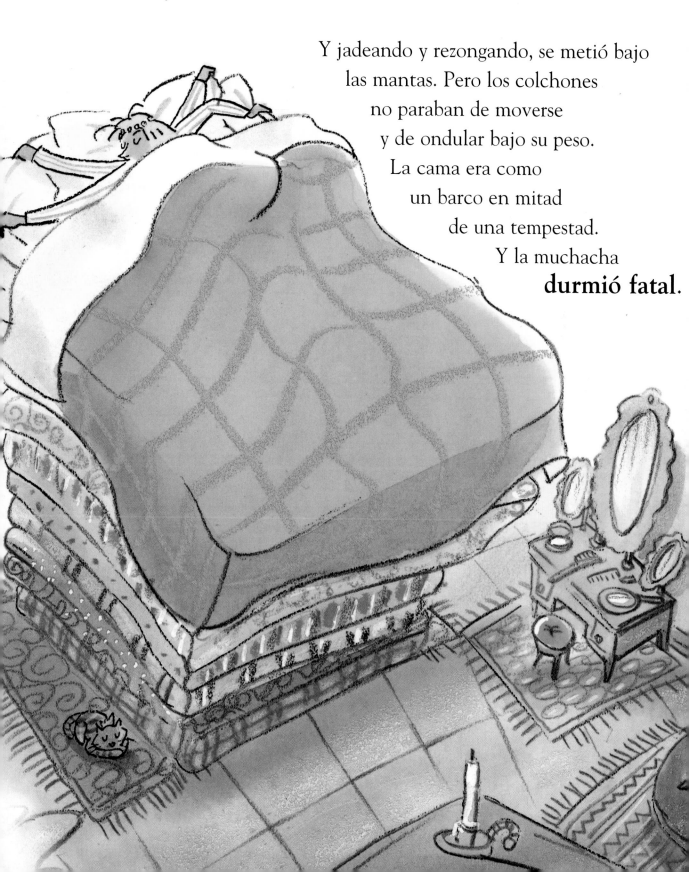

»¡Mira que poner tantos colchones en una sola cama!».

Y jadeando y rezongando, se metió bajo
las mantas. Pero los colchones
no paraban de moverse
y de ondular bajo su peso.
La cama era como
un barco en mitad
de una tempestad.
Y la muchacha
durmió fatal.

Tenía que andarse con cuidado
porque corría el peligro
de caerse de la cama.
POR LA MAÑANA estaba
tan cansada que, al levantarse,
olvidó que estaba encima
de una montaña de colchones.
Apartó las mantas,
salió de la cama...
**...y cayó al suelo
cuan larga era.**

«¡Aaaahhh!»
gritó la princesa.

La reina corrió a ver qué había pasado.
La princesa se levantó, todavía
aturdida por la caída, abrió la puerta
y se desahogó con la reina.

Le dijo que había dormido
muy mal y que la brillante
idea de poner tantos
colchones en la cama
sólo había servido
para causarle
un buen morado en la
parte baja de la espalda.
Armó un escándalo
y a punto estuvo
de sufrir un
ataque de nervios.

La reina sonrió, contenta, pensando que sólo
una auténtica princesa podía tener la piel tan delicada
como para notar el guisante bajo veinte colchones.
«**Lo lamento mucho** –dijo la reina–.
Pero ahora tienes que prepararte. **Voy a presentarte a mi hijo,
el príncipe.** Le he dicho que estás aquí y arde en deseos de
conocerte.» La princesa, que, como muchas otras jóvenes,
no le hacía ascos a la idea de que un príncipe cayera rendido
a sus pies, se lavó, se acicaló y se perfumó con mucho esmero.

DESPUÉS se presentó ante el príncipe.
Cuando el príncipe la vio, su mirada
perdió la expresión de besugo y adquirió
otra de total embeleso.

«¡Ésta es mi esposa ideal! —pensó—.

»¡Oh, si tan sólo pudiera verle el moretón!
Pero da igual, me conformaré con amarla sabiendo
que su piel es tan delicada que lleva impresa la marca
de la *sensibilidad real*.»

El príncipe y la princesa parecían hechos el uno para el otro:
a la princesa le gustaba darle órdenes, y el príncipe sólo aspiraba
a obedecerla.

AL POCO TIEMPO, los dos jóvenes se casaron. Todas **las damiselas**
fueron invitadas a la boda y, mientras esperaban la llegada de la princesa,
se explicaban todo lo que sabían de la desconocida
que había conseguido enamorar al príncipe.
«Alguien me ha dicho que dobla en edad al príncipe», dijo una condesa,
muerta de envidia. «Pues a mí me han dicho que lleva peluca
porque está completamente pelona.»

«¿De verdaaad?», preguntaron las otras jóvenes.

«¡Oh, no! –contestó, riendo, una dama de la corte–. Yo la he visto. Tiene el cabello largo y espeso, y puedo asegurar que es todo suyo. Y tiene la piel tan delicada que un guisante puesto debajo de veinte colchones le ha causado **un buen moretón en…, ejem…, ¡en la parte baja de la espalda!**»

Al saber esto, las muchachas abrieron unos ojos como platos y no se atrevieron a criticar más a la futura esposa.

Cuando el príncipe y la princesa entraron en el salón, la multitud aplaudió. **Estaban guapísimos con sus vestidos nuevos y con la mirada luminosa que tienen todos los enamorados.**

La reina sonrió, su puso la mano en el bolsillo y tomó entre los dedos una cosa diminuta y redonda: **el guisante.**

«Lo guardaré para mis nietos –pensó–.
Cuando sean lo suficientemente mayores, les contaré cómo conocí a su mamá, les enseñaré este guisante y estoy segura de que la historia que les explicaré les parecerá divertidísima...».

Piel de Asno

Había una vez un rey que tenía un asno maravilloso: cada mañana, el cubo del cual bebía el asno se llenaba de monedas de oro.

Ya os podéis imaginar lo mucho que quería el rey a aquel animal.

Este rey se había casado con una mujer bellísima, a la que amaba de todo corazón y con la cual tenía una hija.

AL CABO DE UNOS AÑOS de matrimonio, **la reina enfermó** gravemente.

ANTES DE MORIR,
la soberana hizo prometer a su marido
que sólo se volvería a casar **si encontraba
a una mujer tan hermosa como ella.**

Después de la muerte de la reina,
el rey cayó en un estado
de profunda depresión y melancolía.

AL CABO DE UNOS MESES,
los consejeros de la corte lo
convencieron para que se
volviera a casar, diciéndole
que había llegado el momento
de dar una nueva soberana
al pueblo.

Pero, como ya sabéis, el rey
había prometido que sólo se
casaría con una muchacha
tan bella como su primera esposa,
y no resultaba cosa fácil.

UN DÍA, mirando a **su propia hija,** el rey pensó
que **se parecía a la madre** como una gota de agua
a otra y decidió que **tenía que casarse con ella.**
Que un padre se case con su hija es algo inaudito, pero, como
ya habréis adivinado, en aquella época el rey había perdido el juicio.
La princesa intentó hacerle cambiar de idea, pero todo fue inútil.

Desesperada, se encerró
en su habitación a llorar.
Mientras lloraba, se le apareció
su hada madrina,
el **Hada de las Lilas.**

«No te desesperes
–dijo el hada a la princesa–.
Dile al rey que sólo te casarás con
él si te regala un vestido del color del aire.
Verás como no consigue cumplir tu deseo.»

201

La princesa siguió el consejo de su hada madrina, pero el rey llamó
a todos los tejedores del reino y les ordenó confeccionar un vestido
del **color del aire.** Los sastres y los tejedores se pusieron manos a la obra
y entregaron a la princesa
un maravilloso vestido **azul cielo.**

El hada madrina dijo entonces a la muchacha
que pidiera a su padre un vestido del **color del sol.**
Esta vez el rey encargó un vestido bordado
con mil piedras preciosas y, cuando
estuvo terminado, resplandecía tanto
como el sol.

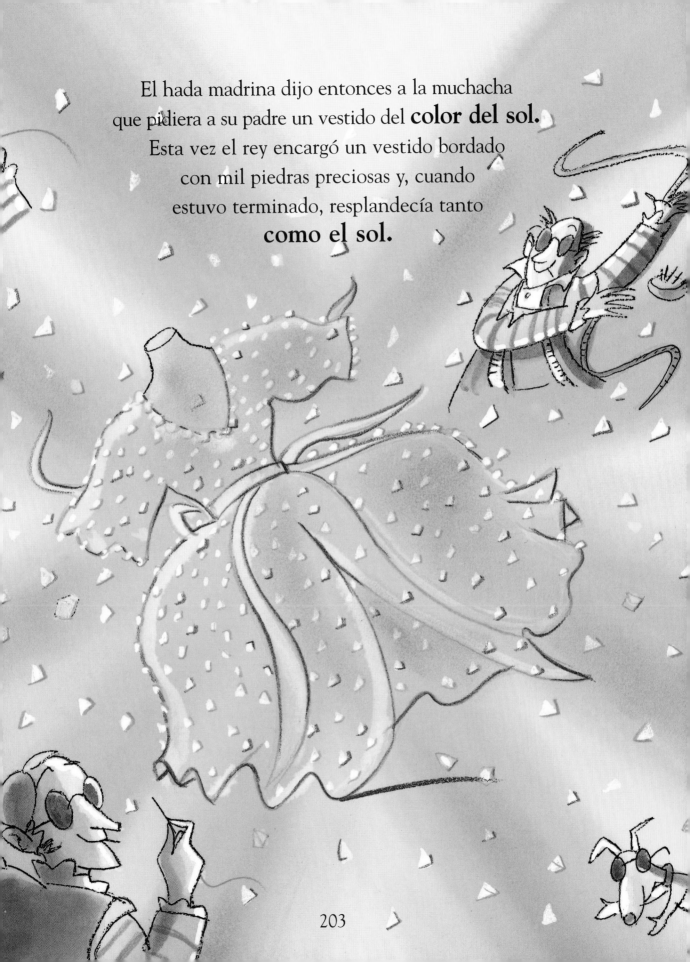

El hada madrina, que ya no sabía qué hacer para ayudar a la princesa,
le dijo que sólo quedaba una esperanza:
pedir al rey que **matara al asno** que tanto quería
y que **le regalara la piel del animal.**

La muchacha hizo esta petición al rey, y éste, aunque de mala gana, la complació. Cuando el **Hada de las Lilas** vio que el rey estaba dispuesto a todo con tal de casarse con su hija, aconsejó a la princesita que **se cubriera con la piel del asno y huyera.**

«Yo haré que tus vestidos y tus joyas, guardados en este baúl, te sigan por debajo de la tierra a donde quiera que vayas —dijo el hada—.

»Cuando los necesites, usa esta varita para hacerlos aparec

La **princesa** obedeció al hada madrina. **Se cubrió con la piel del asno** y salió de noche, sin ser vista.

DURANTE DÍAS Y DÍAS caminó por senderos desconocidos, alejándose del castillo del padre.

Solamente cuando creyó que ya se había alejado
lo suficiente, se decidió a buscar un trabajo
y un lugar donde vivir.

En las afueras de un pueblo encontró a una mujer
que tenía una granja y que buscaba a alguien
para ocuparse de los animales. **La princesa,** envuelta en aquella
sucia piel de asno, parecía la persona adecuada para
cuidar de los cerdos, las ocas y los pavos.

«¿Quieres trabajar para mí? –preguntó la mujer–. Como pago te daré cobijo y toda la comida que quieras.»

La muchacha aceptó el trabajo y se instaló en una habitación encima del establo.

PASARON LOS MESES, y la princesa casi se había acostumbrado a su nueva vida. Como temía que alguien pudiera reconocerla, nunca se quitaba la piel de asno, de modo que, al final, todo el mundo la llamaba así:

Piel de Asno.

DURANTE TODA LA SEMANA, Piel de Asno trabajaba incansablemente.

PERO EL DOMINGO se encerraba en su habitación, se lavaba a conciencia y con la varita mágica hacía aparecer el baúl con sus cosas. Elegía un vestido, se lo ponía, se peinaba, se adornaba con sus joyas más hermosas y recordaba la vida en el castillo.

208

UN DÍA

que Piel de Asno se estaba probando
el vestido del color del aire,
un príncipe que pasaba
casualmente por delante
de la granja levantó la mirada
hacia la ventana y la **vio**.
Impresionado por la belleza
de la muchacha, el príncipe bajó
del caballo para preguntar
por la bella damisela
que vivía encima del establo.
La propietaria de la granja **soltó
una carcajada** y dijo que no se trataba
de una bella damisela,
sino de una **sucia porqueriza**
llamada **Piel de Asno**.

El príncipe, poco convencido, montó a caballo y volvió a su castillo.

TODA LA NOCHE estuvo el joven dando vueltas en su cama, pensando en aquella preciosa muchacha. Por la mañana se despertó con una **fiebre tan alta** que estuvo delirando un par de días.

Cuando se repuso
dijo a la reina
que le apetecía comer
una **tarta** hecha
por **Piel de Asno**.

La reina ordenó inmediatamente que buscaran a la muchacha llamada **Piel de Asno** y que le pidieran que preparara una tarta para el príncipe. Así pues, un emisario de la corte se dirigió a la granja y explicó el asunto a la muchacha. «**De acuerdo** –dijo Piel de Asno–. **Enseguida preparo el pastel, pero quiero hacerlo a solas y en mi habitación, sin que nadie me moleste.**»

Y es que la joven quería cocinar para el príncipe vestida con sus mejores galas de princesa. Así pues, se puso a preparar la tarta, pero, al amasar la harina, **uno de sus anillos** cayó en la masa.

En cuanto la tarta estuvo cocida, el emisario se apresuró a llevarla al príncipe, que empezó a comérsela, encantado.

Pero al cabo de un rato, mientras comía, sus dientes dieron con algo muy duro: ¡era **el anillo** de Piel de Asno!

El príncipe se lo sacó de la boca y, cuando vio lo pequeño y gracioso que era, supuso que debía de pertenecer a la muchacha más bella del mundo.

Aun así, no se atrevía a preguntar nada
sobre la chica que había visto en la granja,
porque temía que se burlaran de él
y lo tomaran por loco.

Pero tuvo una idea.

Llamó a sus padres
y les anunció que había decidido casarse.
«Pero tomaré por esposa **a la muchacha
que pueda ponerse** en el dedo **este diminuto anillo**»,
dijo el príncipe.

DURANTE LOS DÍAS SIGUIENTES,
todas las muchachas del reino acudieron
a la corte para probarse el anillo que permitiría
a una de ellas desposar al hijo del rey.
Pero el anillo, que era un regalo del **Hada de las Lilas,**
era mágico y sólo podía encajar en el dedo de su propietaria.

213

Todos los esfuerzos de las jóvenes por colocarse
el anillo fueron inútiles: **el anillo** se quedaba atascado
a la altura de la uña y nadie conseguía ponérselo.
«**Este anillo es demasiado pequeño** –dijo la reina
a su hijo–. ¿Por qué no sometemos a las muchachas
a **otro tipo de prueba?** Tal vez
podríamos ver quién salta
más alto o quién... cuenta
los chistes más divertidos.
¿Qué te parece?»

**«Quiero encontrar
a la propietaria de
este anillo y casarme
con ella** –insistió el príncipe.
Después preguntó a su padre–:
¿Seguro que has invitado a todas
las muchachas del reino?» «Ya lo
creo, no hemos excluido a ninguna,
salvo a las casadas, por supuesto»,
contestó el rey.

214

«¿Y aquella a la que llaman **Piel de Asno**? ¿La que me preparó **la tarta**? No creo haberla visto», dijo el príncipe.

«¡Pero si ésa es sólo **una sucia porqueriza!**
–exclamaron los consejeros del rey–.
No pensaréis en serio hacerla venir a la corte...»

«Mi hijo ha dicho que hicierais venir a todas las muchachas
del reino para que se probaran el anillo –dijo el rey–.
Deprisa, id a buscar a esa... ¿cómo se llama?»
«Piel de Asno», dijo el príncipe.
«Pues id a buscar a **Piel de Asno**, rápido»,
ordenó el rey.

Antes de seguir a los enviados del rey hasta palacio, Piel de Asno
corrió a su habitación, agitó la varita mágica e hizo aparecer
el baúl con todas sus cosas. Y se puso el vestido
color del sol, el que estaba bordado con piedras preciosas.
Pero se cubrió el vestido con la vieja **piel de asno.**

Tan pronto como Piel de Asno
entró en los salones del rey,
todos los presentes **empezaron
a burlarse de ella.** Con aquella
piel de animal encima, la
muchacha no causaba
precisamente buena impresión.

Cuando la vio, el príncipe también se llevó una decepción. Ahora bien, en cuanto el dedo de **Piel de Asno** se deslizó dentro del anillo, el príncipe comprendió que aquella era la muchacha que había visto en la granja.

El príncipe se acercó a Piel de Asno y le quitó la vieja piel de encima.

Imaginaos la sorpresa de los presentes cuando vieron que, bajo el aspecto de una porqueriza, se ocultaba **una bellísima joven.**

Y cuando **el príncipe** se arrodilló
a sus pies para **pedirle**
que se casara con él, el techo
del castillo se abrió para dejar paso
al **Hada de las Lilas,**
envuelta en una nube de flores.
El hada madrina reveló
quién era Piel de Asno
y **explicó toda su historia.**
El rey y la reina,
conmovidos, abrazaron
a su futura nuera.

El príncipe estaba tan impaciente por casarse con su amada
que quiso celebrar la boda a la semana siguiente.

Al convite acudieron

soberanos y nobles de todos los lugares vecinos.
Entre ellos también estaba el padre de Piel de Asno,
que durante este tiempo había recuperado la cordura
y se había casado con una dama encantadora.
El rey, que había mandado buscar a la muchacha por tierra y
por mar, se sintió muy feliz al encontrarla sana y salva
y le **pidió perdón** por haberla hecho sufrir tanto.

**Pero la princesa
ya le había perdonado.**
En el fondo, si no hubiera huido
del palacio, tal vez no habría
conocido nunca a su esposo
y no habría sido
tan feliz...

Hansel

y

Gretel

HACE MUCHOS AÑOS, EN UNA CASA JUNTO AL BOSQUE VIVÍA UN LEÑADOR CON SU MUJER Y SUS HIJOS: UN NIÑO LLAMADO HANSEL Y UNA NIÑA LLAMADA GRETEL.

El leñador era pobre y, aunque trabajaba sin descanso, **nunca conseguía ganar suficiente dinero** para satisfacer las necesidades de su familia.

Pero no por ello, **Hansel y Gretel** eran menos felices.

A los dos niños
les traían sin cuidado
los vestidos elegantes
o los juguetes nuevos:
tenían a su **padre**
y a su **madre**,
que eran muy buenos,
y tenían el bosque
lleno de **árboles** a los que trepar,
de **hojas** multicolores
y de **animales** salvajes.
¿Qué más podían desear?

223

Pero el pueblo de Hansel y Gretel pasó una época de gran **escasez**. La gente se vio en aprietos, el **dinero** escaseaba, faltaba **comida,** y el leñador también vio cómo disminuían sus encargos y, con ello, sus ganancias.

«**Esposo mío**
—dijo una noche su mujer—,
ya no nos queda dinero.
Se ha terminado la harina,
y también las patatas y las alubias.
**¿Qué daremos de comer
a nuestros hijos?**
Tal vez deberíamos abandonarlos
y rogar a Dios
que se apiade de ellos.»

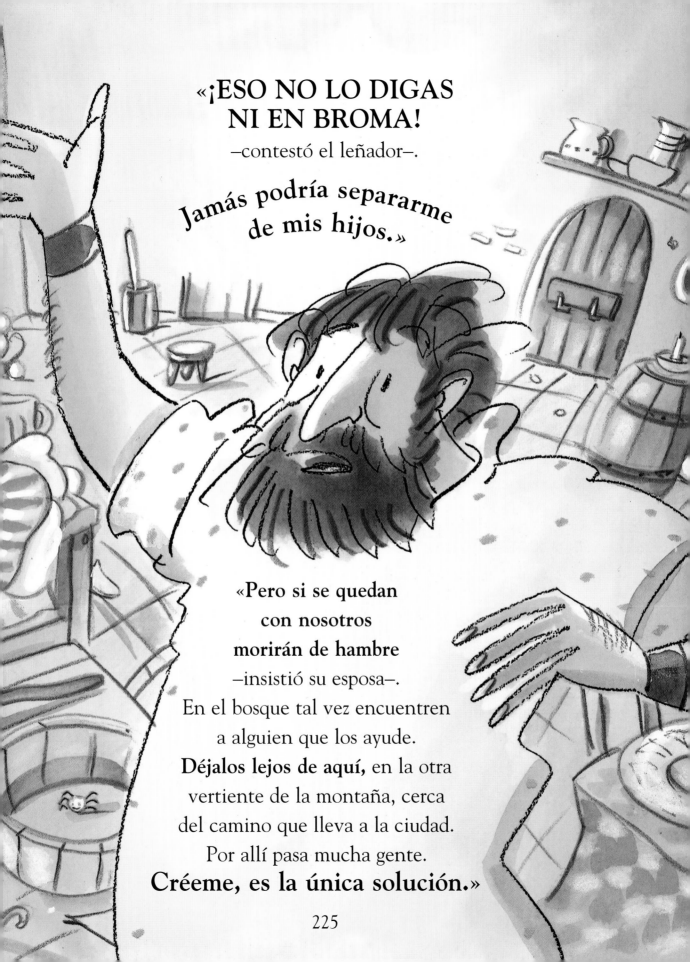

«¡ESO NO LO DIGAS NI EN BROMA!

—contestó el leñador—.

Jamás podría separarme de mis hijos.»

«Pero si se quedan
con nosotros
morirán de hambre
—insistió su esposa—.
En el bosque tal vez encuentren
a alguien que los ayude.
Déjalos lejos de aquí, en la otra
vertiente de la montaña, cerca
del camino que lleva a la ciudad.
Por allí pasa mucha gente.
Créeme, es la única solución.»

225

El leñador finalmente se dejó
convencer y, al **DÍA SIGUIENTE**,
con el **corazón roto,**
dijo a sus dos hijos que le acompañaran al trabajo.

Los tres caminaron un largo trecho y,
cuando ya estuvieron muy lejos
de su casa, **el padre** se detuvo,
encendió una hoguera
y dijo a **Hansel y Gretel**
que iba a buscar
más leña.

«Quedaos aquí y descansad»,
les dijo. Entonces sacó dos naranjas
del bolsillo, se las dio a sus hijos y se alejó.

Hansel y Gretel se quedaron
un buen rato cerca del fuego.
Después, viendo que su padre
no volvía, decidieron
ir a buscarle.

«**Papá se ha olvidado de nosotros**
—dijo, desconsolado, Hansel—.
¿Cómo podremos volver a casa?
Estamos muy lejos, y el sol ya se ha
puesto...»

JUSTO EN AQUEL MOMENTO,
en la rama de un árbol, a pocos pasos de ellos,
apareció un **pajarito** blanco
y suave como una nube.
El pajarito cantaba dulcemente,
y los dos niños se quedaron
un rato escuchándole.

ENTONCES, el pajarito levantó el vuelo y empezó a mover las alas de un modo extraño, como si quisiera indicar a los niños que le siguieran. «**MIRA** –dijo Gretel–. **Nos señala el camino. Sigámosle.**»

Hansel y Gretel corrieron tras el pajarito y llegaron cerca de una **casita.**

«¡Te dije que quería ayudarnos! –dijo **Gretel,** muy contenta–. Pediremos asilo para esta noche y mañana preguntaremos por el camino de vuelta a casa.»

228

Pero cuando
se acercaron más,
los dos niños
**abrieron
unos ojos
como platos.**

Aquella casa no era como las demás: el tejado parecía **cremoso** como **un budín de chocolate,** el canalón y la chimenea eran de **nata montada.**

Las paredes eran de **bizcocho,** las ventanas tenían los postigos de **chocolate blanco,** y los cristales, de láminas finísimas de **caramelo,** ¡y estaban adornadas con cortin de algodón de **azúcar de color rosa!**

¡**Y qué puedo deciros DE LA ENTRADA!** Aquello era la obra maestra de la casa: una puerta de **helado** decorada con **lacitos de azúcar, perlas de caramelo y diminutos remaches de nata.** ¡Y el timbre era **una cereza!**

Por un instante, Hansel y Gretel pensaron
que estaban soñando. Después, Hansel
se armó de valor, alargó una mano y...

...¡CRAC!

Arrancó un pedacito de **chocolate**
de un postigo y se lo comió.

«**¡Gretel!
¡Este chocolate
es el más rico del mundo!**»,
exclamó Hansel.
«**¡Oh, Hansel!**–gritó Gretel–.
Olvídate del postigo
y **prueba este canalón.**
¡Es delicioso!»
«Espera, Gretel –dijo Hansel–.
Ahora treparé al tejado
y te traeré **un poco de budín.**»
Hansel subió al tejado, cogió un trozo
de budín para cada uno y volvió a bajar.

En ese momento se oyó
una vocecita que salía de la casa:
«Oigo masticar y roer.
¿Hay alguien
que me quiere comer?».

Y los niños respondieron:
«Eso que acabas de oír
son las puertas, que el viento
hace crujir».

Y volvieron a comer trozos de cristal, lonchas de puerta, bordes de cortinas...
¿Y sabéis una cosa?
¡Todo lo que comían volvía a crecer en el mismo sitio!

**PERO, AL CABO
DE UN RATO,**
la puerta de helado se abrió
y de la casita salió una
mujer muy anciana,
que caminaba apoyándose
en un bastón.

«¡Qué niños tan guapos!
–graznó la vieja, con voz estridente–.
Entrad, bonitos. Os prepararé una taza de leche caliente
y buñuelos de miel. ¿Os apetecen?»

La vieja cogió a los dos niños de la mano y los llevó a la cocina
de la casita. Se puso a preparar una **merienda**
a base de **leche caliente y buñuelos de miel** y la sirvió a Hansel y Gretel.
Gretel contó a la viejecita que se habían perdido en el bosque
y le preguntó si podían **pasar la noche allí.**

233

«PUES CLARO, PEQUEÑOS

–dijo la vieja–.

Mañana os mostraré el camino de regreso a casa.
Pero ahora venid conmigo.
Os enseñaré vuestra habitación...»

Hansel y Gretel siguieron a la vieja hasta una habitación preciosa, donde vieron dos camitas con **edredones de plumón y sábanas muy suaves.**

«FELICES SUEÑOS NIÑITOS»,

dijo la vieja,
y salió de la habitación.
Hansel y Gretel
estaban tan cansados que,
en cuanto se metieron
en la cama,
se quedaron dormidos.

A LA MAÑANA SIGUIENTE,
cuando despertaron, se dieron cuenta
de que **la casa de bizcocho
había desaparecido.**
La cocina del día anterior y la
preciosa habitación donde habían
dormido se habían convertido en
dos salas vacías y sucias, con las
paredes cubiertas de telarañas.
Los niños se vistieron a toda prisa
y fueron a buscar a la vieja, para
pedirle explicaciones.

«**¿Qué ha sucedido?**», preguntó
Gretel. «**¿Dónde está la casa
de chocolate y helado?**»,
preguntó Hansel. **La vieja,**
que estaba revolviendo
un puchero enorme,
se volvió a mirarlos
y lanzó una **carcajada
maléfica.** Entonces
los niños comprendieron
que estaban **en poder
de una bruja.**

¡Ésa era la explicación al tejado
de budín y a las cortinas de azúcar!
¡Habían caído en una trampa!

La bruja cogió a **Hansel,**
lo puso en una **gran jaula,**
de las que se usan para las gallinas,
y **ordenó a Gretel** que
lo alimentara bien.

«Quiero que esté
BIEN GORDO
cuando me lo coma
—dijo la bruja—.
Hace tiempo que no pruebo la carne de niño.
Tengo ganas da comerme UNO bien sabroso...»

236

PASARON LOS DÍAS, y Gretel trabajaba para la bruja, mientras que Hansel seguía comiendo, encerrado en su jaula.

TODOS LOS DÍAS, la vieja se acercaba a la jaula y ordenaba a Hansel que sacara **un dedo** por el agujero.

«QUIERO COMPROBAR SI YA HAS ENGORDADO»,

decía la vieja bruja.

Pero **Hansel**, que era un niño muy listo, se había dado cuenta de que **la bruja no veía demasiado bien,** así que sacaba por el agujero **una ramita seca.**

237

La vieja la tocaba y sacudía la cabeza.

«**¡PUAJ!** —exclamaba—. **¡Flaco como un palillo!**
¡GRETEL! —gritaba entonces la bruja—. **¿Ya le**
das de comer a este muchacho?»
Gretel asentía y rezaba para
que alguien viniera a salvarlos.

PERO PASABAN
LOS DÍAS,
y nadie se acercaba
a la casa de
la bruja.

UNA MAÑANA
la vieja se levantó
de mal humor.
«Enciende el horno.
Me comeré al chico
esté como esté,
delgado o gordo.
Estoy harta de esperar...»
Cuando oyó esto, Gretel se puso a
temblar de miedo. **¿Cómo podría**
salvar a su hermanito?

De repente tuvo una idea.

Cuando el horno estuvo encendido, **llamó a la bruja.**

«No entiendo qué pasa –dijo Gretel–.
Las llamas no prenden.»

«¡QUÉ NIÑA TAN INÚTIL! DÉJAME VER»,

refunfuñó la bruja.

Abrió la puerta del horno y metió la cabeza
para mirar. **Gretel** no esperaba otra cosa:
le dio un empujón con todas sus fuerzas,
y la bruja cayó al enorme horno
en llamas. Rápidamente, Gretel cerró
la puerta y **corrió a liberar a Hansel.**

239

«**La bruja está muerta** –dijo Gretel a su hermano– **Ya no nos podrá hacer ningún daño.**»

Los dos hermanos se abrazaron, llorando de alegría.

Después Gretel dijo a Hansel que la bruja tenía cofres repletos de **oro** y **piedras preciosas escondidos bajo la cama.**

«A ella ya no le sirven de nada –dijeron los niños–. Podríamos llevarnos una parte en los bolsillos. A nuestros padres les irá de perlas.»

Los niños salieron de la casita de la bruja y,
al ver un riachuelo, decidieron seguir su curso.

«Tiene que ir a parar a alguna
parte», dijo Gretel.
Y de hecho, al cabo de una hora
de camino, los niños
encontraron a un leñador
que conocía a su padre
y que se ofreció
a acompañarlos a casa.

Los padres de Hansel y Gretel
se habían arrepentido
de haberlos abandonado
y día tras día iban a buscarlos
al bosque, con la esperanza
de encontrarlos y volver con
ellos a casa.

Ni que decir tiene
la gran alegría que se llevaron cuando
oyeron las voces de los dos niños,
que los llamaban. Se abrazaron
llorando, y los padres pidieron
perdón a sus hijos por haberlos
abandonado.

«**No tenéis la culpa de que seamos pobres**», dijo Hansel. «**¡Pero ya no lo seremos más!**», añadió Gretel, riendo, y vació el contenido de sus bolsillos encima de la mesa.

El padre y la madre no se lo podían creer: sobre la mesa había monedas **de oro, perlas, diamantes, zafiros y otras piedras preciosas.** «Y sabemos de un lugar donde hay muchas más», dijeron los niños.

243

DESDE AQUEL DÍA, el leñador, su mujer y sus hijos,
Hansel y Gretel, vivieron felices y contentos.
Eran ricos y podían hacer el bien a los necesitados;
pero, por encima de todo, estaban juntos de nuevo.

Blancanieves
y
Rosarroja

ÉRASE UNA VEZ UNA MUJER LLAMADA FLOR, QUE VIVÍA CON SUS DOS HIJAS EN UNA CASITA CERCANA AL BOSQUE.

En el jardín tenían plantas de todas las especies: **glicinas, tulipanes, fucsias, margaritas, hortensias** y dos rosales, uno de **rosas blancas** y otro de **rosas rojas,** que la mujer cuidaba con especial esmero. **Una de sus hijas** se parecía a una flor blanca, y **la otra,** a una flor roja; por este motivo la mujer les había puesto por nombre **Blancanieves y Rosarroja.**

Eran unas niñas muy buenas y amables, pero tenían un carácter muy distinto: Blancanieves era más bien **tranquila,** mientras que Rosarroja era muy **vivaz.** Las dos niñas siempre jugaban juntas y se querían mucho.

«Siempre estaré contigo,
incluso cuando sea mayor»,
decía **Blancanieves**
a Rosarroja.
«Yo también estaré
siempre contigo,
no te dejaré nunca»,
contestaba **Rosarroja.**
La madre, al oírlas, sonreía
y asentía.

TODOS LOS DÍAS,
en cuanto se levantaban,
Blancanieves y Rosarroja
se lavaban, desayunaban
y **ayudaban a su madre**
en las tareas del hogar.

247

Cuando terminaban, su madre las llevaba a pasear por el bosque
y les enseñaba a reconocer las **madrigueras** de los animales,
los nidos de los pájaros y muchas especies de **plantas.**

A veces, las tres juntas
recogían frutas silvestres
y, al volver a casa,
preparaban **dulces exquisitos.**

DESPUÉS DEL ALMUERZO,
las dos niñas estudiaban
con su madre
y más tarde **salían
a jugar al jardín.**

LLEGÓ EL INVIERNO, y una mañana
se desencadenó una terrible **tormenta de nieve y viento;**
hacía tanto frío que las niñas no pudieron salir. **Blancanieves**
se sentó cerca de la chimenea y comenzó a leer un libro
de cuentos. **Rosarroja** se quedó un rato
con la nariz pegada al cristal de la ventana,
contemplando los copos de nieve que volaban
por el jardín, y después se puso a dibujar.
Su madre se sentó al piano
y empezó a tocar.

Al cabo de un rato, alguien llamó a la puerta.
«¡Quién será?», preguntó Blancanieves.
*«Quizás alguien que huye
de la ventisca»,* respondió su madre.

249

Rosarroja corrió a abrir
la puerta, y tras ésta apareció
un **enorme oso**.
Cuando lo vio,
chilló asustada
y corrió a esconderse
bajo la mesa.
Pero **el oso** dijo:

«**Por favor, no tengáis miedo,**
estoy medio muerto de frío y sólo
os quería pedir que me
dejarais calentarme
al amor de la lumbre...».

250

«Por supuesto –dijo **la madre** de las dos niñas–. Entra y acércate al fuego. Y vosotras, niñas, no tengáis miedo; sólo es un pobre oso, aterido de frío».

»Traed una toalla; tiene el pelaje empapado...»
Blancanieves fue a buscar una toalla grande, y su madre ayudó al oso a secarse.

DESPUÉS, el oso se tendió en la alfombra y comenzó a **jugar** y a **reír**
con las niñas que, superado el miedo inicial, se divertían **montando**
en su lomo, haciéndole **cosquillas**
y **tirándole de la cola.**

EL DÍA PASÓ muy deprisa
y llegó la hora de acostarse.
La madre dijo al oso que podía
quedarse a **dormir** en su casa,
sobre la alfombra, **cerca del fuego.**

El oso aceptó y, desde aquel día,
todas las tardes, **POCO DESPUÉS
DEL CREPÚSCULO,**
volvía a casa de **Blancanieves**
y de **Rosarroja,** charlaba con **Flor,**
jugaba con las niñas y después
se dormía en la alfombra,
cerca del fuego.

PASÓ EL INVIERNO,
y la nieve se fundió.

«**Me voy por una temporada**»,
anunció una mañana el oso.
«**¡OH, NO!** –protestó
Blancanieves–.
¿Por qué te vas?»
«**Tengo que volver
al bosque
para defender
mi tesoro de
los enanitos**
–explicó el oso–.
En invierno,
los enanitos permanecen
en sus **grutas,** pero, cuando
llega **la primavera,**
empiezan a cavar **buscando oro;**
excavan y destrozan la tierra
y se quedan con **todos los objetos
preciosos** que encuentran,
incluso **con los que no les pertenecen.**»

Blancanieves se puso muy triste
por la partida del oso.
«¿Nos volveremos a ver?»,
preguntó la madre.
«Podéis contar con ello»,
prometió el oso. Después abrazó
a sus amigas y se fue.

En el momento de salir, un mechón de pelo
del oso se enganchó en un remache de la puerta
y se arrancó. En el lugar donde quedó la **mata de pelo**
a Blancanieves le pareció ver el **resplandor del oro.**
El oso se fue corriendo y desapareció en el bosque.

«Hace un día precioso
–dijo la madre–.
¿Porqué no vais a recoger
un poco de leña seca?»

Las dos **niñas salieron**
y, al poco de adentrarse
en el sendero del bosque,
vieron un árbol derribado
por la tormenta. Cerca del árbol
había algo que se movía.
Blancanieves y **Rosarroja**
se acercaron para averiguar
de qué se trataba.

Y entonces lo vieron:
era **un enanito del bosque,**
con **dos mechones** de pelo blanco
por cejas y una **barba larga** como una
bufanda. Si bien habían oído hablar
de los enanitos del bosque, ésa era
la primera vez que veían uno de carne
y hueso. **Las niñas lo miraron
boquiabiertas.**

El **enanito** se había enredado en una rama del árbol.

«¡No os quedéis ahí pasmadas!

—vociferó en cuanto las vio—.

¡Espabilad y haced algo para sacarme de aquí!»

«¿Cómo has podido enredarte de este modo?», preguntó **Rosarroja**.

«¿QUÉ CÓMO? ¿QUÉ COMO?

—gritó el enanito, cada vez más furioso—. Estaba recogiendo leña para el fuego. Pero no esos troncos que usáis vosotros, la gente grande y ruda; cogía ramitas y las apilaba cuando me he enredado, eso es lo que ha pasado.

¡Ya veo que os hace gracia, niñas feas e imberbes!»

257

«No te enfades –dijo **Blancanieves**–.
Enseguida te sacamos de ahí.»
Las dos niñas empezaron a tirarle de la barba,
pero no conseguían desenredarla de la rama.
«Podríamos llamar a alguien para que nos
ayudara», propusieron finalmente.

**«¡Vaya par de cabezas
de chorlito!** –gritó el enanito–.
Sólo faltaría que llamarais
a más gente. Sois dos, ¿no? ¿Cómo es
posible que no se os ocurra nada?»

«¡YA LO TENGO!»,
exclamó Blancanieves.
Sacó unas tijeras
del bolsillo de su
vestido y cortó la punta
de la barba. Tan pronto como
se vio libre, el enanito empezó a escarbar
entre las raíces del árbol, sacó un saco
lleno de oro y se marchó.

«¡Menudo par de brutas!
–rezongó mientras se iba–.
**¡Mira que cortarme
un trozo de barba!»**
De nuevo solas, Blancanieves y Rosarroja
se pusieron a buscar leña y después volvieron a casa.

AL CABO DE UNOS DÍAS, LAS DOS NIÑAS
fueron a un riachuelo próximo a su casa. Mientras
estaban sentadas en la orilla, **vieron de nuevo al enanito,** que
saltaba y se retorcía como un loco, a punto de caer al agua.

«¿Qué haces?»,
le preguntó **Rosarroja.**
«¿Quieres tirarte al agua?»,
le preguntó **Blancanieves.**

«¡Pues claro que no!
—gritó **el enanito**—. ¿No veis que ese
pez tan grande que he pescado
me arrastra hacia el río?
¡Se me ha enredado la barba en el anzuelo!
¡Moveos, bobaliconas, echadme una mano!»

Las dos niñas intentaron desenredar la barba, pero estaba
tan embrollada que **también esta vez** tuvieron que recurrir
a las tijeras y **cortarle otro trozo.**

259

«¡AAAAHH!

—gritó el enanito, fuera de sí—.
¡Pero qué manía tenéis!
¡Este **par de merluzas**
me han vuelto a recortar la barba!
Casi no me queda pelo.
¡AAAHHH! ¡No os soporto,
palabra de enano!».
Y agarró rápidamente
un saco de perlas escondido
entre los juncos de la orilla
y se fue corriendo.

PASARON LOS DÍAS,
y las dos niñas
ya habían olvidado
al enanito.

UNA MAÑANA, su madre
pidió a **Blancanieves**
y a **Rosarroja** que fueran
al pueblo a hacer unas compras.
Mientras caminaban cerca
de un prado, las dos hermanas
oyeron unos gritos.

261

Se volvieron y vieron al mismo **enanito,**
que intentaba zafarse
de **las garras de un águila**
que lo había agarrado por la chaqueta
y estaba a punto de alzar el vuelo.

Las dos niñas corrieron a ayudarle:
lo **asieron bien fuerte** por las
piernas y empezaron **a tirar** de él hasta
que el águila soltó su presa y se alejó.

El enanito dio una ojeada
a su chaqueta, rota
y sin botones, y empezó
a patalear.

«¡SERÁ POSIBLE!
—gritó—.
¡Mirad mi chaqueta!
¿Creéis que ésta
es manera de tratar la ropa
de los demás? ¡QUÉ NIÑAS
TAN BRUTAS, ESTÚPIDAS
Y TORPES! ¡Os daría una
lección, pero no tengo
ni tiempo ni barba!»

Entonces cogió **un saco de piedras
preciosas** que tenía escondido detrás
de un montón de rocas y se fue corriendo.

263

Cuando volvían con las compras, **Blancanieves**
y **Rosarroja** volvieron a ver al enanito en el
mismo sitio donde lo habían encontrado
por la mañana. Estaba sentado en el prado
y **contaba sus piedras preciosas,**
riendo muy satisfecho.

Pero cuando las vio
montó en cólera.
«¿**Me estáis espiando,
par de brujas?**
—gritó—.
**¡FUERA !
¡LARGAOS!**»

264

EN AQUEL INSTANTE,
de detrás de un matorral salió
un oso enorme,
que se dirigió hacia **el enanito**
con cara de pocos amigos.
Éste se **puso a temblar de miedo.**

«NO ME HAGAS
DAÑO

—suplicó—.

»Te daré todos mis
tesoros, y mira,
mira a estas
dos niñas; son
mucho más grandes
que yo. Si las coges
a ellas, podrás darte
un gran banquete.»

Pero **el oso** no le quiso escuchar
y, de un **zarpazo, acabó
con él.**

Blancanieves y Rosarroja
echaron a correr, despavoridas,
pero **el oso** las llamó.
«**¡Esperad!**
¿Es que no me reconocéis?»,
dijo. Al oír la voz de su amigo oso,
las niñas se detuvieron.

En aquel momento, **la piel del oso** cayó al suelo
y, en su lugar, apareció un **apuesto príncipe,** vestido de oro.

«**Soy el hijo del rey**
—dijo el joven—.
Aquel **enano** me había robado
mis tesoros y **me había convertido en oso,**
condenándome a ser un animal
hasta que él muriera. Pero, **al cortarle
la barba,** le habéis quitado sus poderes
y así he podido matarlo. O sea que,
gracias a vosotras, **me he librado
del hechizo.**»

Blancanieves, Rosarroja y su **madre** fueron a vivir al palacio del rey,
y Flor se llevó consigo **los dos rosales** que tanto quería.

AL CABO DE UNOS AÑOS,
el príncipe se casó con Blancanieves, y el hermano del príncipe
se casó con Rosarroja, y **vivieron felices y comieron perdices.**

El gato mimoso

ÉRASE UNA VEZ UNA MUJER QUE TENÍA
DOS HIJAS. UNA SE LLAMABA LINA
Y ERA HOLGAZANA, LA OTRA
SE LLAMABA LENA Y TENÍA BUEN CORAZÓN,
ERA PACIENTE Y MUY AGRACIADA.

Curiosamente, **la madre** sentía una gran predilección por **Lina** y, a menudo, reñía y castigaba injustamente a **Lena** por faltas que no había cometido.

PASÓ EL TIEMPO

y las dos niñas crecieron.
Lena, a pesar de que tenía que lavar,
cocinar, planchar y limpiar la casa,
siempre estaba **alegre y sonriente**.
Lina, por el contrario,
aunque se pasaba el día ociosa,
siempre estaba de **mal humor**.

UN DÍA, la madre **ordenó a Lena**
que fuera al manantial a lavar dos cestos de ropa
«**Aquí tienes una pastilla de jabón** –dijo la mujer–.
¡Y procura no desperdiciarla, que el jabón no nos lo regala nadie!»

Lena llegó al manantial, se recogió el pelo en la nuca,
luego sacó el jabón del bolsillo y **empezó a lavar la ropa.**
Mientras la enjabonaba, **se puso a cantar,**
como siempre hacía.

PERO, DE REPENTE
el jabón se le escurrió de la
manos y cayó al fondo del manantial

Lena trató de recuperarlo, pero
todos sus intentos fueron inútiles.
El manantial era profundo,
y el jabón parecía haber
desaparecido.
«¿Y ahora qué hago?
–se preguntó, preocupada,
la pobre muchacha–.
Si vuelvo a casa con la ropa
sucia y sin jabón,
mamá me castigará...»

Y mientras pensaba en su madre,
una gruesa lágrima
le resbaló por la mejilla
y cayó al suelo.

JUSTO EN ESE MOMENTO
pasaba por allí **una viejecita de mirada dulce**
que, al verla llorar, se detuvo para preguntarle qué le sucedía.

«**Tenía que lavar toda esta ropa**
–le explicó Lena a la anciana–,
pero se me ha caído el jabón al
manantial y no puedo recuperarlo.
Mi madre se pondrá furiosa conmigo.
No me atrevo a volver a casa
y aguantar otra vez
sus reprimendas.»

«**Oye**
–le dijo **la anciana**–,
lo que ha pasado no es grave.
**Yo te indicaré el camino
para ir al palacio del Gato Mimoso.**
No queda lejos de aquí. Llama y pide otra pastilla de jabón.
Ya verás como te la dan...»

Lena escuchó las indicaciones de la mujer
y después se dirigió al palacio
del Gato Mimoso.

Al llegar a la puerta, llamó,
y al cabo de unos instantes le abrió
un **precioso gato**
de **pelo blanco** y **ojos verdes
como esmeraldas**.

«¿Qué puedo hacer por ti?»,
le preguntó el gato a la muchacha.

«Quisiera hablar con el Gato Mimoso
–respondió Lena–. Tengo que pedirle una cosa.»

«¿Qué tienes que pedirle?», quiso saber el gato blanco.

«Pues... necesito una pastilla de jabón...
Una amable anciana me ha dicho que el Gato Mimoso
podría dármela. La mía se me ha caído al manantial y antes de que
anochezca tengo que haber acabado de lavar un montón de ropa,
si no, en casa me reñirán...»

«Está bien, sígueme
–dijo **el gato blanco,**
haciéndola entrar en el palacio–.
Voy a avisar al Gato Mimoso.
En cuanto esté disponible,
te llevaré a verlo. Tú puedes
esperarme en
aquel salón de allí.»
El gato blanco se alejó
por un pasillo.

275

Cuando se quedó sola, **Lena** se puso a vagar por el palacio.
En una habitación vio a un gatito atareado barriendo
el suelo. **La escoba era grande** y al minino le costaba
un gran esfuerzo deslizarla por el suelo.

«Deja que lo haga yo», dijo Lena quitándole al gato la escoba
de las patitas, **y barrió todo el suelo.**

Cuando hubo acabado, entró en **otra habitación** y esta vez
vio a un gato quitando el polvo. Intentaba llegar también
a los muebles más altos, pero, a pesar de sus saltos y sus esfuerzos,
no conseguía limpiarlos bien.
Lena sonrió, cogió el plumero y **le quitó el polvo a todo.**

En la **tercera habitación,** otro gato se afanaba en hacer las camas. «**Si te ayudo, acabaremos antes**», dijo Lena. Y en **un abrir y cerrar de** ojos, hizo las camas. Finalmente, el gato blanco fue a buscarla.

El Gato Mimoso
ya podía recibirla.

Lena siguió al gato blanco por el largo pasillo y llegó a un salón todavía más grande que el primero. Allí, sentado en un sillón, había un gato **muy muy grande,** con el pelo largo y brillante y unos ojos **dulces y bondadosos** como los ojos de una mamá.

Era el Gato Mimoso.
«Acércate, Lena
–le dijo el Gato Mimoso–.
Me han dicho que has perdido tu pastilla de jabón y querrías que yo te diera otra para hacer la colada.»

«Le estaría infinitamente agradecida si pudiese darme otra.
Mi madre no me perdonaría si le dijera que he perdido la mía.»

El Gato Mimoso
mandó llamar entonces a los gatos
que Lena había ayudado
en las tareas domésticas
y les preguntó si Lena
merecía la pastilla de jabón.

«¡Oh, sí! –dijo
el primer gatito–.
¡Me ha ayudado a barrer
todo el suelo!»

«¡Oh, sí! –dijo
el segundo gatito–.
¡Me ha ayudado a quitar el
polvo de toda la habitación!»

«¡Oh, sí! –dijo el tercer gatito–.
¡Me ha ayudado a hacer las camas!»

«Has sido buena
–dijo el Gato Mimoso–. Aquí tienes otra pastilla de jabón.
Ah, una cosa más. Cuando estés en el manantial y
oigas cantar el gallo, vuélvete.
¡Pero lleva mucho cuidado
con no volverte por ningún motivo
si oyes rebuznar a un burro!»

 Y con esta misteriosa
advertencia,
el Gato Mimoso
se despidió de ella.

279

Lena regresó al manantial y se puso a lavar.
De pronto **oyó a un burro rebuznar muy** fuerte.
Recordando las palabras del **Gato Mimoso,** la muchacha **no se volvió.**

UNOS MINUTOS DESPUÉS,
oyó **cantar a un gallo.**
Se volvió para mirar
y en ese instante
le apareció en la frente
una **estrella de oro**
que le iluminaba el rostro.

Lena acabó su trabajo *y se fue corriendo a casa.*

En cuanto **su madre** la vio con la estrella de oro en la frente, **le entró una envidia atroz** y la obligó a decirle qué había sucedido. Lena, que no sabía mentir, se lo contó todo con pelos y señales.

AL DÍA SIGUIENTE,
la madre decidió mandar a **Lina**
al manantial para que le sucediera
lo mismo que le había sucedido a su hermana.
Lina dejó *caer el jabón al agua*
y después fingió un llanto desesperado.

281

También esta vez pasó
por allí la **bondadosa viejecita,**
que, tras escuchar el relato
de Lina, le aconsejó que fuera
a pedirle la pastilla de jabón
al **Gato Mimoso.**

Lina llegó al palacio, llamó
y se lo contó todo al **gato blanco,**
que la hizo pasar y le dijo
que esperase.

Como se aburría, la muchacha
se puso a vagar por el palacio,
entró en la **primera habitación**
y encontró al primer gatito,
el que barría. Pero,
en lugar de ayudarlo,
se echó a reír.
«**¡Qué escena tan ridícula!** –dijo–.
¡Un gato con una escoba!»

282

LUEGO entró en la **segunda habitación** y vio al gato que quitaba el polvo. «¿Serías tan amable de echarme una mano para limpiar la parte de arriba? Yo no llego», le preguntó el gatito.

«¡Ni lo sueñes!

–contestó la muchacha–.
Pero ¿por quién me has tomado? ¡No soy tu criada!»

Lina llegó finalmente a la **tercera habitación.**
«¿Puedes estirar un poco las sábanas por ese lado? –dijo el gato–.
Me parece que cuelgan demasiado por éste...»
«¡Por supuesto!», contestó Lina.
Y dio tal tirón que
deshizo toda la cama.

«¡Mira lo que has hecho!», le reprochó el gato.
«**Te está bien empleado** –dijo Lina–. Así dejarás de fastidiar.»

EN ESE MOMENTO llegó **el gato blanco** y le dijo que lo acompañara.

Cuando estuvo ante el **Gato Mimoso,**
la muchacha contó toda la historia y pidió una pastilla de jabón.

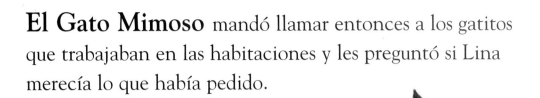

El Gato Mimoso mandó llamar entonces a los gatitos que trabajaban en las habitaciones y les preguntó si Lina merecía lo que había pedido.

«¡Oh, no!
–dijo el **primer gatito**–.
¡Se ha burlado de mí
en lugar de ayudarme!»

«¡Oh, no!
–dijo el **segundo gatito**–.
¡Me ha contestado
con insolencia
en lugar de ayudarme!»

«¡Oh, no!
–dijo el **tercer gatito**–. ¡Me ha hecho
un desaire en lugar de ayudarme!»

285

«Bueno, de todas formas voy a darte
el jabón
que me has pedido
–dijo el Gato Mimoso–.
Ahora vuelve al manantial
a lavar la ropa.
Cuando oigas
rebuznar
a un burro,
vuélvete a
mirar.»

Lina regresó al manantial
y se puso a esperar.
EN CUANTO
oyó rebuznar al burro, se volvió y...
...¡en la frente le salió
un rabo de burro!

No hace falta que os diga **lo rabiosa que se puso la madre** cuando vio
llegar a casa a su hija preferida con semejante adorno en la cabeza:

«¡Toda la culpa es suya!»,
dijo **Lina**, señalando a su hermana.

Entonces, la madre, furiosa,
empezó a pegarle a **Lena**.
Y le propinó tantos golpes
que la muchacha
gritó de dolor.

JUSTO EN ESE MOMENTO,
pasaba cerca de la casa la carroza del hijo del rey.
El príncipe, al oír aquellos gritos, **bajó de la carroza**
y fue a ver qué ocurría.

Lena, entre lágrimas,
se lo contó todo,
y el joven, conmovido,
decidió llevar
a la muchacha
a palacio.

El príncipe se enamoró enseguida de **Lena,**
no sólo por su **belleza,**
sino sobre todo
por su **bondad** y su **alegre carácter.**

AL CABO DE UNOS DÍAS

le preguntó si quería **ser su esposa.**
La muchacha, que también se había enamorado de él, **enseguida aceptó.**

289

El **príncipe** hubiera querido
que la **madre** y la **hermana**
de su futura esposa
recibieran
un castigo ejemplar,
pero Lena
le suplicó
que las perdonara:
eran su familia
y, a pesar de
los sufrimientos
padecidos,
**Lena era incapaz
de odiarlas.**

El hijo del rey ordenó entonces
que **las dos mujeres** fueran
expulsadas del país
y nadie volvió a verlas.

Se celebró la boda
y todo salió
a las mil maravillas.

Pero ¿sabéis qué me parece a mí raro de este cuento?
Me parece raro que el príncipe pasara por delante de la casa
de Lena justo cuando se le necesitaba.
Sí… tal vez fue una casualidad, pero
yo veo aquí, aunque a lo mejor me equivoco, **la zarpa de…**
¡un tal **Gato Mimoso**!